W0056621

Vorwort des Herausgebers

Till Eulenspiegels Streiche begeistern nunmehr seit Jahrhunderten Jung und Alt. Die lustigen Schelmenstreiche des wandernden Narren sind längst in den Sagenschatz unseres Volkes eingegangen.

Für Niedersachsen und besonders für die Elmgegend hat Till Eulenspiegel seine eigene Bedeutung: Wurde er doch in Kneitlingen am Elm geboren und verübte einige seiner bekanntesten Streiche in unserer unmittelbaren Umgebung. Erinnern wir uns nur an die Eulen und Meerkatzen, die er für einen Bäcker in Braunschweig anstelle der üblichen Backwaren herstellte, aber auch an die zahlreichen anderen Streiche, die er in Braunschweig und im Braunschweiger Land seinen Mitmenschen gern spielte – und ihnen dabei eigentlich nur den Spiegel vorhielt, indem er wörtlich nahm, was man ihm sagte.

Diese Sammlung wurde 1942 von Professor Dr. E. A. Roloff zusammengestellt und veröffentlicht. Roloff beschäftigte sich lange Zeit mit Till Eulenspiegel und hatte bereits zwei Jahre vorher eine Eulenspiegel-Biographie unter dem Titel „Ewiger Eulenspiegel. Wie der Schalk war und was die Welt aus ihm gemacht" herausgebracht. Ich habe seine Sammlung um einige weitere Streiche aus alten Eulenspiegel-Ausgaben ergänzt, die Texte bearbeitet und freue mich, daß nach vielen Jahren diese Sammlung endlich wieder erscheint. Dem Joh. Heinr. Meyer Verlag sei Dank für die Ausstattung, den Lesern wünsche ich viel Spaß bei der Lektüre.

Vielleicht werden ja auch einige angeregt, Till Eulenspiegels „Spuren" in Niedersachsen zu folgen. Dann sei Ihnen besonders ein Besuch im Schöppenstedter Eulenspiegel-Museum ans Herz gelegt.

Braunschweig, im September 1998

Thomas Ostwald

3

Inhalt

Eulenspiegel wird dreimal getauft

Till Eulenspiegel, der lustige Schelm, ist da zu Hause, wo
früher die Schöppenstedter ihre bekannten Streiche
machten. Erinnert Ihr Euch noch daran? Wie sie sich ein
neues Rathaus bauten, aber es war stockdunkel darin,
weil sie die Fenster vergessen hatten. Da wollten sie
draußen auf dem Markt die Sonnenstrahlen in Kiepen
und Körben, in Töpfen oder Näpfen einfangen, um Licht
hineinzubringen. Oder wie Gras auf dem Dache ihres
Kirchturms wuchs? Da legten sie einem Ochsen einen
Strick um den Hals und zogen ihn hinauf, damit er es
fressen konnte. Als dem armen Tier dabei der Atem aus-
ging und es die Zunge lang aus dem Halse hängen ließ,
riefen sie: „Seht ihr, er leckt schon danach!"
Nicht weit davon also, in dem Dorfe Kneitlingen am
schönen Elm, ist Eulenspiegel geboren. Sein Vater, Klaus
Eulenspiegel, war Bauer und hatte von dem Ritter von
Ütze einen Hof als Lehen oder in Erbpacht, wie wir jetzt
sagen.
Als Eulenspiegel getauft werden sollte, trug man ihn zum
Nachbardorfe Ampleben in die Kirche. Dort wohnte der
Lehensherr des Vaters, Till von Ütze, der einer seiner Paten war und nach dem er ja auch Till genannt ist. Nun
war es Sitte in Eulenspiegels Heimat Niedersachsen, daß
die ganze Taufgesellschaft nach der Kirche ins Wirtshaus
ging, um sich an einem Krug schäumenden Bieres zu er-

frischen. Der Vater, der die Zeche bezahlen mußte, der Onkel und die Tanten, die Paten, der Küster, alle gingen mit. Auch die Kinderfrau, die nach altem Brauch das neugeborene Kindlein wusch und wickelte und dem Taufzug voran zur Kirche trug, trank wacker mit. „Liebe Tante", sagte Vater Eulenspiegel und machte dabei sein bedenkliches Gesicht, „ihr habt einen guten Zug. Nun kommt es mir wahrhaftig auf das Geld nicht an. Aber ihr müßt den Kleinen noch nach Hause tragen. Daß ihr nur sicher auf den Beinen bleibt!" Aber die Alte lachte: „Keine Angst, Vater Klaus! Ein Krug Bier wirft mich nicht um." Und sie ließ sich vom Wirt noch einen frischen bringen.

Als man sich endlich auf den Heimweg machen mußte, wollte eine der anderen Frauen den kleinen Eulenspiegel tragen. Aber die eigensinnige Alte duldete es nicht. Das Kind zu tragen sei ihr Recht. Anfangs ging auch alles gut. Aber dann kam man an einen halb ausgetrockneten und verschlammten Bach, über den ein schmales Brett als Steg gelegt war. Da wurde der Kinderfrau doch bang zumute. Sie merkte, daß ihr das Bier schwer in den Beinen steckte und sie immer aus der Richtung brachte. Doch kurz entschlossen nahm sie einen Anlauf und trippelte auf den Steg. In der Mitte trat sie plötzlich fehl und plumpste in den Bach. Da platschte und zappelte sie nun, die dicke Alte, und konnte nicht wieder auf die Beine kommen. Der kleine Till aber lag unter ihr und wäre fast erstickt. Die Männer schimpften tüchtig, und Vater Klaus rief:

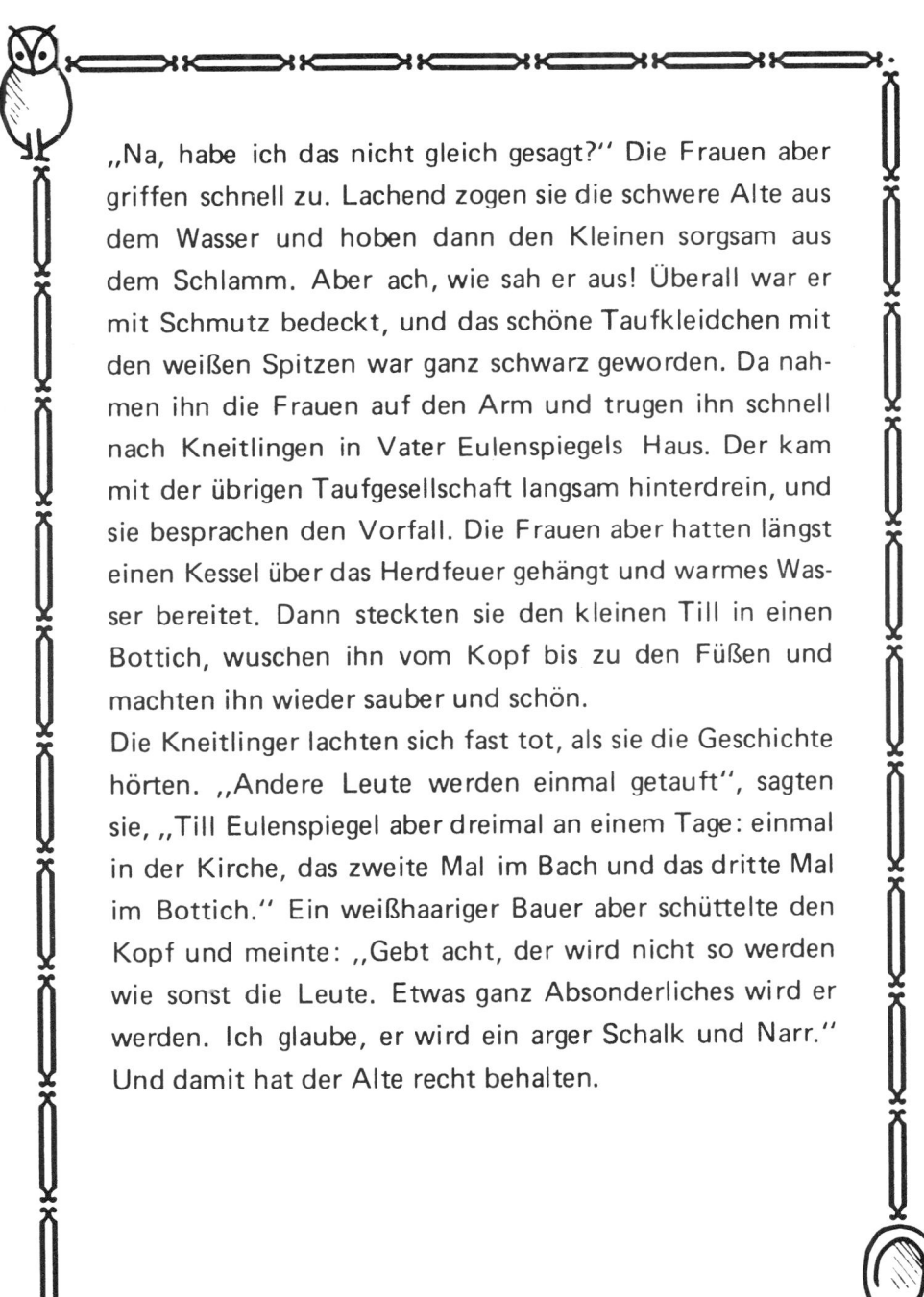

„Na, habe ich das nicht gleich gesagt?" Die Frauen aber griffen schnell zu. Lachend zogen sie die schwere Alte aus dem Wasser und hoben dann den Kleinen sorgsam aus dem Schlamm. Aber ach, wie sah er aus! Überall war er mit Schmutz bedeckt, und das schöne Taufkleidchen mit den weißen Spitzen war ganz schwarz geworden. Da nahmen ihn die Frauen auf den Arm und trugen ihn schnell nach Kneitlingen in Vater Eulenspiegels Haus. Der kam mit der übrigen Taufgesellschaft langsam hinterdrein, und sie besprachen den Vorfall. Die Frauen aber hatten längst einen Kessel über das Herdfeuer gehängt und warmes Wasser bereitet. Dann steckten sie den kleinen Till in einen Bottich, wuschen ihn vom Kopf bis zu den Füßen und machten ihn wieder sauber und schön.

Die Kneitlinger lachten sich fast tot, als sie die Geschichte hörten. „Andere Leute werden einmal getauft", sagten sie, „Till Eulenspiegel aber dreimal an einem Tage: einmal in der Kirche, das zweite Mal im Bach und das dritte Mal im Bottich." Ein weißhaariger Bauer aber schüttelte den Kopf und meinte: „Gebt acht, der wird nicht so werden wie sonst die Leute. Etwas ganz Absonderliches wird er werden. Ich glaube, er wird ein arger Schalk und Narr."
Und damit hat der Alte recht behalten.

9

Frühe Schelmenstreiche

Ja, er wurde ein rechter Schelm und Schalk, der die Menschen jederzeit zum Narren halten mußte. Das lag ihm einmal so im Blut. Schon als kleines Kind, kaum daß er laufen konnte, trieb er Schabernack mit jung und alt. Da kamen die Bauern zu seinem Vater und beklagten sich: „Klaus, dein Sohn ist ein Schalk, ein Taugenichts, ein Bösewicht." Darüber war Vater Eulenspiegel sehr betrübt, und er fragte seinen Sohn: „Wie geht es zu, daß die Nachbarn so schlecht von dir reden?" Till aber sah mit unschuldiger Miene zu ihm auf und sprach: „Lieber Vater, ich tue niemandem etwas. Ja, das will ich dir beweisen. Setz dich auf dein Pferd und laß mich hinten aufsitzen. Ich will stillschweigend mit dir durch die Gassen reiten, und doch werden die Leute mit Fingern auf mich zeigen und mir Schlimmes nachsagen. Paß nur auf!"

Da nahm ihn der Vater hinter sich aufs Pferd. Till aber richtete sich heimlich auf, zeigte den Leuten sein Hinterteil und setzte sich wieder. Wütend wiesen alle mit den Fingern auf ihn und riefen: „Pfui, seht nur, was für ein Schlingel das ist!" Till aber sagte: „Da siehst du's, lieber Vater. Ich sage keinen Ton und tue niemandem etwas, und doch schimpfen die Leute über mich."

Vater Klaus wollte noch einmal eine Probe machen. Am anderen Tage nahm er seinen Sohn vor sich auf das Pferd. Nun aber riß Till den Mund weit auf, streckte die Zunge heraus und schnitt die tollsten Grimassen. Und wieder riefen die Bauern: ,,Seht nur, so jung und doch schon so ein Frechdachs!" Da strich Klaus Eulenspiegel seinem Sohn über das Haar und sagte: ,,Armer Junge, du bist freilich in einer unglücklichen Stunde geboren. Du sitzt ganz ruhig und schweigst und tust niemandem etwas. Und dennoch sagen die Leute, du bist frech. Wie kommt das nur?"

Noch nach Jahren, als Vater Eulenspiegel längst gestorben war, dachte Till oft an diese Worte. Wenn ihn die Leute, denen er einen Streich gespielt hatte, ausschalten, sprach er scheinheilig: ,,Wie recht hatte doch mein seliger Vater! In einer unglücklichen Stunde bin ich geboren. Ich tue niemandem etwas, und doch sagen die Leute, ich sei ein Schlingel."

Till als Seiltänzer

So groß war Vater Eulenspiegels Kummer über die bösen Menschen, die seinen lieben Sohn verkannten, daß er aus Kneitlingen fortzog in die Heimat seiner Frau, in ein Dorf an der Saale, das nicht weit von Staßfurt lag. Dort ist er bald danach gestorben.

Die Mutter aber hatte mit Till ihre liebe Not. Während andere Jungen in seinem Alter längst ein ordentliches Handwerk lernten, lungerte er den lieben langen Tag herum und hatte nichts im Kopfe als Streiche. Vom Haus der Mutter zog er ein Seil zu einem anderen Haus jenseits des Flusses und fing an, wie ein Seiltänzer darauf hin und her zu laufen. Nahm die Mutter dann einen Knüppel, um ihm eins aufs Fell zu geben, dann hüpfte er flink auf das Dach. Da konnte sie ihn nicht erreichen, und er lachte sie noch aus.

Oft strömten dann die Leute herbei, junge und alte, um seinem Treiben zuzuschauen. Till lief vor ihnen auf dem Seil, trieb allerlei Unsinn und bildete sich auf seine Kunst nicht wenig ein. Aber ehe er es sich versah, wurde ihm dabei selbst einmal ein Streich gespielt, und zwar von seiner eigenen Mutter. Sie ärgerte sich darüber, daß er den ganzen Tag nur Unsinn im Kopfe hatte. Deswegen packte sie, als er wieder mal auf dem Seil lief, ein scharfes Messer. Ein Ratsch! und das Seil war durchgeschnitten. Platsch, Plumps! ging es, und er lag unten im kalten Wasser.

Hei, lachten da die Bauern, als er pudelnaß und schnaufend an das Ufer kroch. „Du hast uns oft hineingelegt und bist nun selbst hineingefallen! Ha, ha, richtig hineingefallen in das Wasser", höhnten sie. Die Jungen aber, die er mit Neckereien gequält hatte, wo er nur konnte, warfen vor Freude ihre Mützen in die Luft und schrien: „Hast ja schon lange baden wollen, Eulenspiegel? Na, wie ist dir denn das Bad bekommen?" Wo er sich blicken ließ, verhöhnten ihn die Leute. Das ärgerte ihn mächtig. „Wartet, ich werde mich schon an euch rächen", dachte er.

Eulenspiegels Rache

Eines Tages zog Eulenspiegel wieder ein Seil über den Fluß. Dann schlenderte er durchs Dorf von Haus zu Haus und lud alle ein, am Nachmittag einmal dorthin zu kommen. „Es gibt einen tollen Spaß! Einen Spaß, an den ihr denken werdet." Damit machte er sie neugierig, und in Scharen strömten sie herbei, junge und auch alte Leute.

Als genug beisammen waren, sagte Eulenspiegel zu den Kindern und den jungen Leuten:„Jeder gebe mir seinen linken Schuh!" „Den linken Schuh? Was will er denn damit? Schnell, das gibt sicher einen Bärenspaß!" Und rasch zog jeder der Jungen den linken Schuh vom Fuß. Aber auch die Alten schoben sich heran und meinten: „Sollen wir denn von dem Spaß nichts abbekommen?" Da lächelte Till pfiffig:„Wenn ihr's denn durchaus wollt! Nur her mit eurem Schuh!" Nun gaben ihm auch viele von den Alten einen Schuh.

Umdrängt von der neugierigen Menge zog Eulenspiegel die vielen, vielen Schuhe - es waren fast zweihundert - auf eine Schnur. Dann kletterte er mit ihnen auf das Seil empor. Als er oben stand, blickte er zunächst eine Zeitlang mit spöttischem Gesicht hinunter. Mancher, der das sah, wurde nun bedenklich und fragte sich mit beklommenem Herzen:„Ob ich meinen schönen neuen Schuh wohl wiedersehe? Vielleicht müssen wir noch alle auf dem rechten Schuh nach Hause humpeln, und

15

die Leute lachen uns aus." Aber nun war es zu spät.

Als Eulenspiegel die ängstlichen Gesichter sah, rief er lachend:,,Achtung! Der Spaß beginnt! Jeder kann jetzt seinen Schuh suchen!" Damit schnitt er die Schnur entzwei, und die Schuhe purzelten herunter. Da lagen sie nun in buntem Haufen, die großen und die kleinen, die schmutzigen und die geputzten, die heilen und die überall geflickten. Die Leute unten schrien laut auf. Dann stürzten sie sich in wildem Durcheinander auf den Haufen Schuhe. Einer zerrte den anderen zurück, die Großen stolperten über die Kleinen und polterten mit ihnen auf den Boden, und manchem wurde dabei Rock und Hemd zerrissen. ,,Das ist mein Schuh!" schrie einer. Der andere: ,,Du lügst ja, es ist meiner!" ,,Her mit dem, er gehört mir!" ,,Nein, mir!" Dann gerieten sie sich in die Haare. Sie schlugen sich, sie rangen miteinander, wälzten sich im dicksten Dreck. Auch die Alten bekamen Angst um ihre Schuhe. Mit Püffen, mit knallenden Ohrfeigen mischten sie sich ins Gedränge. Ein Höllenlärm brach los. Hunde bellten, Kinder schrien; die einen weinten, die anderen lachten, und alles brüllte durcheinander. Mancher Schuh plumpste dabei in die Saale und ging unter; mancher wurde zerrissen, so sehr schlugen sie sich damit um die Ohren.

Eulenspiegel aber stand vergnügt oben auf dem Seil und klatschte Beifall. Dann rief er hinunter:,,Neulich mußte ich baden, heute müßt ihr Schuhe suchen. Wer zuletzt

16

17

lacht, lacht am besten!'' Die Bauern aber hatten eine solche Wut auf ihn, daß er sich vier Wochen lang nicht auf
der Straße blicken lassen durfte. Die gute Mutter freilich,
die nicht ahnte, weshalb ihr Sohn zu Hause blieb, freute
sich und sagte:,,Seit ein paar Wochen ist er ganz häuslich
geworden. Ich hab' es ja immer gewußt, es wird doch
noch was Rechtes aus ihm werden!''

Die geprellten Bienendiebe

Ein andermal ging Till an einem schönen Sommertage mit seiner Mutter in ein Nachbardorf zur Kirchweih. Das war damals überall in Deutschland ein Festtag für das ganze Dorf, wie jetzt das Schützenfest, und im Süden unseres Landes wird er heute noch gefeiert. Wer da zu Hause ist, weiß ja Bescheid. Buden werden aufgebaut und Trinkzelte, und hoch und lustig geht es her. In solchem Treiben fühlte Till sich wohl. Kreuz und quer über den Platz trieb er seine Possen und trank sein Gläschen bald in dieser, bald in jener Runde. Dabei tat er des Guten doch etwas zuviel. Er wurde müde und stand nicht mehr ganz sicher auf den Beinen. Deswegen torkelte er vom Festplatz und suchte abseits ein Plätzchen, wo er ungestört ein Schläfchen machen könne. Aber überall stieß er auf Menschen.

Endlich fand er ganz hinten im Hof des Dorfgasthauses einen Haufen Bienenkörbe, wie Ihr sie in der Heide oder sonst beim Imker jetzt noch sehen könnt. Einige davon waren leer und mächtig groß. ,,Ei'', dachte Till, ,,da stört mich niemand'', und flugs schlüpfte er in den größten Korb. Er wollte eigentlich nur ein wenig ruhen, aber es wurde beinahe Mitternacht, und er hatte seinen Rausch noch immer nicht ausgeschlafen. Seine Mutter suchte ihn inzwischen überall. ,,Der Schlingel wird nach Hause gegangen sein.'' Damit tröstete sie sich zuletzt und trat oh-

ne ihn den Heimweg an.

Um Mitternacht, als es ganz finster war, schlichen zwei Diebe auf den Hof, die einen Bienenkorb stehlen wollten. Der eine war dick, der andre dünn. „Welchen nehmen wir denn?" fragte der Dicke. „Esel", erwiderte der andere, „das ist doch klar. Ich hab' immer gehört, der schwerste sei der beste." Da gingen sie von Korb zu Korb und hoben jeden an. Aber keiner war ihnen schwer genug. Endlich kamen sie an den, in dem Eulenspiegel schlief. Als sie ihn anhoben, jubelte der Dünne:„Der ist richtig! Da ist der meiste Honig drin! Pack an, Faulpelz!" Mühsam wuchteten sie den Korb empor, und stöhnend schleppten sie ihn davon, der Dünne vorn, der Dicke hinten.

Dabei wurde Eulenspiegel munter. „Na", sprach er zu sich selbst, „wie kommt es denn, daß ich so davongeschaukelt werde? Aha, ich merke etwas. Bienendiebe!" Dabei lachte er still in sich hinein. Ein toller Streich war ihm eingefallen, den er den beiden spielen konnte. Behutsam richtete er sich etwas auf, griff mit der Hand aus dem Korb hinaus und dem vorn Gehenden mächtig in die Haare. „Au", schrie dieser wütend, „Halunke, weshalb zerrst du mich am Haar?" Denn er glaubte natürlich, der andere sei ihm aus Schabernack in seinen Schopf gefahren. Der aber erwiderte ganz dickfellig:„Mensch, träumst du denn oder gehst du im Schlaf? Wie kann ich dich am Haar rupfen? Ich brauche wahrhaftig meine beiden Hände, um den Korb zu halten. Das Biest ist ja ganz eklig schwer."

Da lachte Till wieder leise und meinte: „Das ist ein feines Spiel." Er wartete, bis sie eine Ackerlänge weiter gegangen waren. Dann packte er dem hinten Gehenden ins Haar und zerrte ihn derart, daß er vor Schmerz die Nase kraus zog. Der Dicke kam denn auch in helle Wut.„Kerl," brüllte er, „ich gehe hier und schleppe, daß mir der Buckel kracht. Du beschimpfst mich noch, ich zöge dich am Haar, und dabei zerrst du selbst mich." „Dummkopf," schrie der andere zurück, „du lügst ja wieder. Ich kann kaum den Weg vor mir erkennen, und da soll ich dich am Haar zerren?" Keifend und verdrossen trollten sie endlich weiter. Till aber setzte sein munteres Spielchen fort. Bald zerrte er den vorn am Haar, bald den hinten. Hell auflachen hätte er mögen, als das Geschimpf der beiden immer ärger wurde. „Halunke!" „Lügner!" „Schuft!" „Satan!" „Selbst Satan!" So schrien sie sich gegenseitig an.

Schließlich riß er den Vorderen mit solchem Ruck am Haar, daß sein Kopf gegen die Korbwand schlug. „Au, warte, Halunke, jetzt ist's genug!" brüllte dieser in Schmerz und Wut, ließ den Korb fallen und stürzte sich mit geballten Fäusten auf den anderen. Der ließ ebenfalls den Korb schnell los und nahm ihn mit einem Kinnhaken in Empfang. So balgten sie sich prustend, stöhnend und schimpfend lange Zeit herum. Ohrfeigen und Fausthiebe klatschten durch die Nacht. Dann rangen sie miteinander, polterten in den Graben und wälzten

sich im Schmutz; bald lag der eine, dann der andere unten. Endlich sprangen sie wieder auf und kamen auseinander, jedoch weit von dem Bienenkorbe, den sie stehlen
wollten und den sie nun ganz vergessen hatten. Schimpfend und heulend lief jeder in eine andere Richtung.

Eulenspiegel rieb sich zufrieden die Hände. Da es noch
ganz dunkel war, rollte er sich wie ein Hund in seinem
Korb zusammen und schlief bis in den hellen Tag. Dann
stieg er hinaus, sah sich um und schüttelte den Kopf. Er
wußte nicht mehr, wo er war. Aber sein Entschluß war
bald gefaßt. „Wolltest du nicht immer schon einmal in
die Welt hinaus, Till?" sprach er zu sich selbst. „Zu Hause
ist's langweilig, und die Welt soll schön sein und voll dummer Leute, die man zum Narren halten kann. Hei, Spaß
wird's geben ohne Ende." So ging er vergnügt dem Wege
nach, auf dem die Diebe ihn hatten stehenlassen. Seitdem
wanderte er von Land zu Land. Überall trieb er seine Possen, und überall kannte bald jedes Kind den Schalk Till
Eulenspiegel.

Beim Pfarrer von Büddenstedt

Hofjunge bei einem Raubritter, an dessen Burg er vor-
überkam, wurde Eulenspiegel zuerst. Dort lernte er nichts
Gutes, und bei dem groben Kerl gefiel es ihm auch nicht
besonders. Er spielte ihm deshalb noch einen Streich und
ging von dannen. So kam er in das Dorf Büddenstedt, das
nicht weit von Schöningen liegt. Der Pfarrer, bei dem er
vorsprach, suchte gerade einen Knecht. „Tritt in meinen
Dienst!" redete er Till zu. „Du wirst es nicht bereuen. Du
sollst dasselbe essen wie ich und brauchst nur die halbe
Arbeit zu machen." Damit wollte er sagen, daß ein
Knecht bei ihm nur halb soviel zu tun habe wie bei einem
Bauern. Eulenspiegel freilich legte das Wort auf seine Weise aus. Wie, das wird uns die Geschichte zeigen.
Die Köchin des Pfarrers, die nur ein Auge hatte, briet gerade am Küchenherd zwei zarte Hühnchen, und zwar, wie
es damals Sitte war, an einem Bratspieß. Da sie noch etwas zu besorgen hatte, gab sie dem neuen Knecht den
Auftrag, munter den Spieß zu drehen, damit die Hühnchen rund herum recht knusprig würden. So saß der
Schelm denn am Feuer, drehte den Spieß, und der Duft
der bratenden Vögel stieg ihm verlockend in die Nase.
Denn noch hatte er an diesem Tage nichts gegessen. Endlich konnte er nicht mehr widerstehen. Er nahm das eine
Huhn vom Spieß, aß es ohne Brot und ließ nichts übrig
als die Knochen.

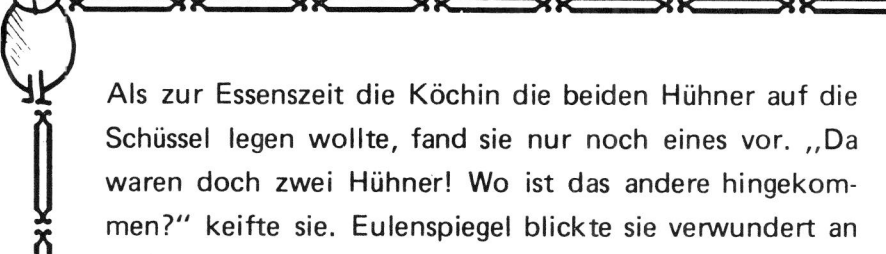

Als zur Essenszeit die Köchin die beiden Hühner auf die Schüssel legen wollte, fand sie nur noch eines vor. „Da waren doch zwei Hühner! Wo ist das andere hingekommen?" keifte sie. Eulenspiegel blickte sie verwundert an und sagt: „Liebe Frau, macht euer anderes Auge auch noch auf. Dann werdet ihr das zweite Hühnchen sehen." Da heulte die Köchin vor Wut und lief zum Pfarrer.

Der Pfarrer war von fröhlichem Gemüt und für einen guten Scherz zu haben. Er mußte laut lachen, als ihm die Köchin Tills Schelmenstück erzählte. Um jedoch die zornige Frau zu besänftigen, schimpfte er: „Wie kannst du die Köchin so kränken? Du weißt doch, daß sie nur ein Auge hat. Und nun sag, wo ist das zweite Huhn geblieben?" Da sah Eulenspiegel ihm gar treuherzig in die Augen. „Lieber Herr, habt ihr mir nicht gesagt, daß ich dasselbe essen soll wie ihr? Wenn ihr nun beide Hühner allein gegessen hättet, dann hättet ihr ja euer Wort gebrochen. Und das dürft ihr doch nicht, ihr als Pfarrer! Seht, vor diesem Wortbruch habe ich euch bewahrt. Ich habe mir das Hühnchen selbst genommen." Da mußte der Pfarrer wieder lachen. „Ich sehe schon, dir sitzt der Schalk im Nacken. Na, auf den Braten soll's nicht ankommen. Ärgere nur die Köchin nicht mehr und tue, was sie dir sagt."

Die Köchin war aber noch immer wütend und gab ihm deshalb einen Auftrag nach dem anderen. Er aber führte jeden nur halb aus. Wenn er einen Eimer Wasser holen sollte, brachte er nur einen halben; sollte er dem Ochsen ein Bund Heu geben, gab er ein halbes, und sollte er ein Glas Wein bringen, war es nur halb voll. Da beschwerte sie sich wieder beim Pfarrer. Aber Eulenspiegel sprach betrübt: ,,Herr, ich habe nur getan, was ihr mir gesagt habt. Sagtet ihr mir nicht, ich solle nur die halbe Arbeit bei euch machen?'' Da mußte der Pfarrer noch lauter lachen als zuvor. Endlich sagte er: ,,Du Schelm, so war das nicht gemeint.'' Da sah Eulenspiegel ihn vorwurfsvoll an und sprach: ,,Nicht? O, ich tue immer das, was man mir sagt. Und so sollte es jeder machen.''

Nun hätte der Pfarrer ihn gern behalten, denn ihm gefiel der witzige Bursche. Die Köchin aber keifte: ,,Wenn der nicht geht, gehe ich!'' Da mußte der Pfarrer Till entlassen, denn die Köchin kochte und briet besonders schöne Sachen, und die aß er für sein Leben gern. Till half noch eine Zeitlang den Bauern. Dann wanderte er weiter. Er ging nach Magdeburg, der alten Stadt und Festung an der Elbe.

Der Flug vom Magdeburger Rathaus

In Magdeburg war Eulenspiegel bald beliebt bei jung und alt. Er konnte nämlich allerhand Kunststücke, wie man sie jetzt im Zirkus sieht. Damit vertrieb er Kindern und Erwachsenen oft die Zeit. Aber schon damals gab es Leute, die jeden Tag etwas Neues sehen müssen. Die setzten ihm täglich zu, er soll doch einmal etwas noch nie Dagewesenes zeigen. Till weigerte sich und sagte, das könne er nicht. Endlich mußte er nachgeben, und er beschloß, ihnen eine Lehre zu erteilen.

„Schön," sagte er, „dann will ich etwas tun, was noch kein Mensch gemacht hat." Voll Neugier drängte sich alles um ihn: „Was denn? Sag's doch schnell!" „Ich will vor euren Augen..." „Schnell nur, schnell! Was willst du denn vor unseren Augen?" „Vom Rathaus fliegen."
„Vom Rathaus fliegen?" Entsetzt starrten ihn alle an. Dann liefen sie auseinander und erzählten überall: „Wißt ihr's schon? Wißt ihr's schon von Eulenspiegel?" Bald sprach die ganze Stadt von nichts anderem, als daß Till Eulenspiegel vom Rathaus fliegen werde.

So kam es, daß die Neugierigen sich vor dem Rathaus drängten. Wer nicht krank war oder blind, war herbeigekommen. Stundenlang warteten sie und schlugen sich beinahe um die besten Plätze. Endlich nahte Eulenspiegel. Mit feierlichem Schritt ging er ins Rathaus. Jetzt! Jetzt erschien er auf einer der hohen Lauben, die dem Rathaus

vorgebaut sind. Ein lautes „Ah!" ging durch die Menge. „Er will es also wirklich wagen!" Alles war voll Spannung und riß die Augen, ja sogar den Mund und beide Nasenlöcher auf. Till hob sich ein paarmal auf den Zehen und bewegte die Arme, wie es die Vögel tun, bevor sie sich in die Lüfte erheben. Die Neugierigen unten renkten sich beinahe den Hals aus. „Jetzt! Jetzt fliegt er wirklich los." Da trat Eulenspiegel dicht an den Rand der Laube, lachte schallend auf und rief hinunter: „Ich habe geglaubt, es gäbe in der ganzen Welt keinen größeren Narren als mich. Nun sehe ich, daß hier die Stadt voll noch weit größerer

Narren ist. Wenn einer von euch mir gesagt hätte, er werde fliegen, wirklich, ich hätte es ihm nicht geglaubt. Ihr aber glaubt es mir, dem Narren! Bin ich denn eine Gans oder sonst ein Vogel? Habe ich denn Federn und Fittiche? Ohne Federn und Fittiche aber kann kein Wesen fliegen. Wußtet ihr denn das noch nicht?" Damit verschwand er von der Laube und eilte durch die Hintertür davon.

Unten aber sahen die Neugierigen sich an und machten kein sonderlich schlaues Gesicht dazu. Dann begannen einige zu schimpfen. „An der Nase hat er uns herumgeführt, der Landstreicher!" Das waren die Dummen. Die Klugen aber sagten: „Er ist nur ein Narr, aber die Wahrheit hat er uns gesagt. Sind wir nicht selbst die Narren, daß wir glaubten, er könne wirklich fliegen, und daß wir deshalb hierher gelaufen sind?"

Ihr werdet nun sagen, daß heute viele Menschen fliegen. Aber dann müssen sie ein Flugzeug oder wenigstens einen Fallschirm haben, und von alledem konnten Till und seine Zeitgenossen noch nichts ahnen. Nur mit den Armen aber kann auch heute niemand fliegen. Und wenn er's Euch einreden wollte, würdet Ihr es ihm wohl glauben?

Der Hahn als Pfand

Eulenspiegel hielt es aber doch für ratsam, aus Magdeburg zu verschwinden. „Ei, macht nichts", sagte er sich, „du siehst dir einmal Thüringen an und wanderst dann hinunter in das schöne Land der Franken." Unterwegs hielt er sich einige Tage in Quedlinburg auf. Eines Morgens schlenderte er über den Markt. Das tat er gern, denn da fand er immer Leute, denen er einen Streich spielen konnte. Gleich vornan saß eine dicke Bauersfrau, die einen Korb mit einem stattlichen Hahn und fetten Hühnern vor sich stehen hatte. Eulenspiegel lief das Wasser im Munde zusammen. So ein schönes, zartes Hühnchen hatte er seit Büddenstedt nicht mehr gegessen. Aber Geld, um eins zu kaufen, hatte er auch nicht.

Er überlegte einen Augenblick. Dann trat er fröhlich pfeifend vor den Stand der Frau und fragte: „Was soll das Paar Hühner kosten?" „Zwei Groschen", war die Antwort. Zum Schein versuchte er noch etwas abzuhandeln, dann wolle er auch den ganzen Korb nehmen. Als die Frau davon jedoch nichts wissen wollte, nickte er nur: „Na, dann ist's auch gut; den ganzen Korb nehme ich doch." Damit ergriff er ihn und ging schnellen Schrittes dem Burgtor zu. „Halt, halt!" rief die Bäuerin aufgeregt und zornig hinter ihm her, „wollt ihr mir die Hühner nicht bezahlen?" „Liebe Frau", sagte Till und kam zurück, „ich bin doch der Schreiber der mächtigen Frau

30

Äbtissin. Ich habe nur nicht genug Geld bei mir; das will ich eben holen." „Ei was", entgegnete die Frau, „wer ihr seid, ist mir einerlei. Für meine Hühner verlange ich zuerst das Geld." „Frau", spottete Till, „was sollte werden, wenn alle Händler so voll Mißtrauen steckten? Aber gebt mir nur getrost die Hühner. Ich lasse euch dafür hier den Hahn zum Pfand." Damit zog er das zappelnde Tier aus dem Korb der Bäuerin. „Ja, wenn ihr mir ein Pfand laßt, ist die Sache in Ordnung", sagte die Bäuerin. Till eilte mit seinen Hühnern davon, die Bäuerin aber packte ihren Kram zusammen und war sehr zufrieden, daß sie ihre Hühner so schnell losgeworden war. Als sie in ihr Dorf zurückgekehrt war, fragte ihr Mann: „Bist du denn schon wieder da?" „Warum nicht", erwiderte die Frau. „Ich habe alle Hühner verkauft." „Und wo ist das Geld?" „Geld habe ich nicht. Aber der Mann, der sie kaufte — es war der Schreiber der Äbtissin — wird es schon bringen. Ich habe ja hier den Hahn als Pfand." Da wurde der Bauer wütend. „Dumme Gans", schrie er sie an, „läßt dir deinen eigenen Hahn als Pfand geben? Die Hühner sind wir los." Dann fragte er: „Wie sah er denn aus, dieser Schreiber der Äbtissin?" Die Frau beschrieb ihn. Da sagte der Mann: „Dachte ich's mir doch gleich! Das war der Eulenspiegel. Er hat dich schön hereingelegt." Dabei mußte er doch lachen. Denn wenn sie auch einmal selbst den Spott und Schaden davon hatten, so lachten doch die Leute immer wieder über Eulenspiegel und seine tollen Streiche.

Der billige Braten

In Erfurt, wohin er nun wanderte, kam Till ebenfalls eines Tages über den Markt an den Ständen der Fleischer vorbei. Da war einer, ein hagerer Mann mit langer Nase, der rief mit krächzender Stimme jedem Vorübergehenden zu, er möge doch etwas bei ihm kaufen. Auch Eulenspiegel hielt er mit den Worten an: ,,Ach, junger Herr, nehmt doch etwas mit nach Hause!'' ,,Ich soll etwas mit nach Hause nehmen?'' fragte Till und trat näher. ,,O, das tue ich gern. Was soll ich denn mitnehmen?'' Der Fleischer schmunzelte. Das war ein Käufer, wie er sie sich wünschte. ,,Was ihr mitnehmen sollt?'' sagte er mit kriechender Freundlichkeit. ,,Nun, zu dieser leckeren Kalbskeule möchte ich euch raten — wenn ihr nach dem Preise nicht fragt.'' ,,Nein, nach dem Preise frage ich nicht!'' entgegnete Till mit spöttischem Lächeln. Dann packte er die mächtige Keule, nahm sie unter den Arm und ging davon. Da kam aber Leben in den Fleischer. Mit einem Satz sprang er aus seiner Bude. ,,Halt'', rief er, ,,ihr müßt den Braten erst bezahlen!'' Da machte Till ein enttäuschtes und entrüstetes Gesicht. ,,Bezahlen? Von bezahlen habt ihr nicht ein Wort gesagt. Habt ihr mich nicht aufgefordert, einen Braten mit nach Hause zu nehmen? Und habt ihr nicht noch hinzugefügt, nach dem Preise solle ich nicht fragen? Nun, ich habe nur getan, was ihr mich geheißen habt.'' Der Fleischer schimpfte jedoch und wollte

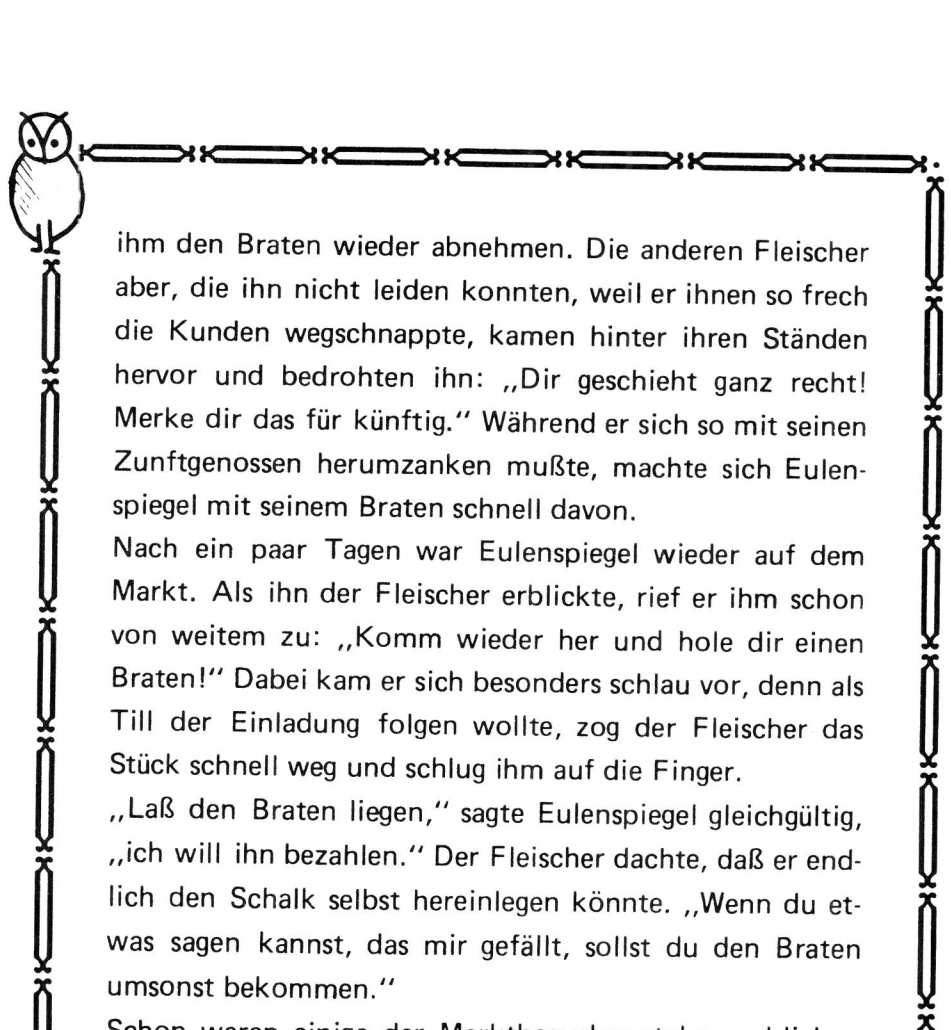

ihm den Braten wieder abnehmen. Die anderen Fleischer aber, die ihn nicht leiden konnten, weil er ihnen so frech die Kunden wegschnappte, kamen hinter ihren Ständen hervor und bedrohten ihn: „Dir geschieht ganz recht! Merke dir das für künftig.'' Während er sich so mit seinen Zunftgenossen herumzanken mußte, machte sich Eulenspiegel mit seinem Braten schnell davon.

Nach ein paar Tagen war Eulenspiegel wieder auf dem Markt. Als ihn der Fleischer erblickte, rief er ihm schon von weitem zu: „Komm wieder her und hole dir einen Braten!'' Dabei kam er sich besonders schlau vor, denn als Till der Einladung folgen wollte, zog der Fleischer das Stück schnell weg und schlug ihm auf die Finger.

„Laß den Braten liegen,'' sagte Eulenspiegel gleichgültig, „ich will ihn bezahlen.'' Der Fleischer dachte, daß er endlich den Schalk selbst hereinlegen könnte. „Wenn du etwas sagen kannst, das mir gefällt, sollst du den Braten umsonst bekommen.''

Schon waren einige der Marktbesucher stehen geblieben und sahen belustigt den beiden zu.

„Nun gut,'' schmunzelte Till Eulenspiegel. „Aber, sag einmal — nie anschreiben lassen, sondern immer gleich bezahlen — das gefällt dir wohl?'' „Oh ja, das gefällt mir!'' antwortete der Schlachter. „Nun, dann her mit dem Braten!'' lachte Till und griff sich das Fleischstück.

„Halt! Halt! Wieso denn?'' Der Schlachter war ganz verwundert. „Habe ich nicht eben etwas gesagt, das dir ge-

fiel?" ,,Ja, ja! Till hat recht!" riefen die Umstehenden,
und wutentbrannt mußte der Gefoppte eingestehen, daß
Till wieder einen Braten umsonst erhalten hatte.

Die Nürnberger Krankenheilung

Von Erfurt zog Eulenspiegel weiter in Richtung Nürnberg. Unterwegs überlegte er sich, wie er wohl viel Geld verdienen könne. Nun waren gute Ärzte damals selten. Sie wohnten auch noch nicht an einem bestimmten Ort, sondern zogen umher von Stadt zu Stadt. Dort priesen sie sich durch Anschläge an den Kirchentüren und am Rathaus den Kranken an. Je unverschämter sie sich als Wundertäter aufspielten, desto schneller liefen die Leute ihnen zu.

Für einen solchen Arzt gab Till sich aus, als er nach Nürnberg kam. Er ließ überall verbreiten, daß er jede Krankheit heilen könne. Nun lag das dortige Spital, wie man in jener Zeit die Krankenhäuser nannte, voll von Kranken, die für Arznei und Pflege nichts bezahlten. Das machte dem Vorsteher des Spitals, dem Spittelmeister, schwere Sorge. „Sie essen mich noch arm! Woher soll ich's nur nehmen?" stöhnte er, und zu den Kranken pflegte er zu sagen:„O, wie ich euch allen die Gesundheit gönne."

Kaum hatte er von dem fremden Arzt gehört, da war er auch schon bei ihm. „Befreie mich wenigstens von ein paar Kranken", redete er auf ihn ein. „Ein paar?" erwiderte Till. „Willst du meine Kunst beleidigen? Gib mir 200 Gulden, und ich bringe alle deine Kranken an einem Tage aus dem Spital." Der Spittelmeister überlegte sich die Sache. 200 Gulden, das war eine gewaltig hohe Sum-

35

me. Auch glaubte er nicht recht, daß der Fremde alle Kranken heilen werde. Da sagte Till:,,Ich merke, du glaubst mir nicht. Wenn auch nur einer zurückbleibt, nehme ich von dir keinen Pfennig.'' Nun willigte der Spittelmeister freudig ein und gab dem Wundermanne auf der Stelle 20 Gulden Vorschuß.

Tags darauf erschien Eulenspiegel im Spital. Er ging von Bett zu Bett, und geheimnisvoll flüsterte er mit den Kranken. Zunächst mußte jeder versprechen, daß er alles für sich behalten und kein Wort verraten wolle. Dann sagte er:,,Ich habe mich verpflichtet, euch allesamt gesund zu machen. Das kann ich aber nur, wenn ich den, der am kränksten unter euch ist, zu Pulver verbrenne. Dieses Pulver gebe ich dann den anderen ein. Morgen früh werde ich mit dem Spittelmeister in die Tür treten und in den Saal rufen: ,,Wer nicht krank ist, der komme heraus! Eile dann schnell hinaus. Denn wer zuletzt kommt, den packe ich und den verbrenne ich zu Pulver.''

Da lief den Kranken ein Schauer über die Haut. Zu Pulver verbrannt werden, nein, das war ja zu entsetzlich! Als deswegen Eulenspiegel am anderen Morgen in der Tür erschien, warteten sie nicht lange. Sie erhoben sich aus den Betten, die einen schnellen Fußes, die anderen mit Ächzen und mit Stöhnen. Und dann wälzte sich der ganze Haufen im wilden Durcheinander zur Tür. Mit Stöcken, auf Krücken und einander stützend rumpelten und humpelten sie heran und hätten den Spittelmeister beinahe umgerannt. Ja, ein Lahmer ritt auf einem Blinden und zeigte dem dafür den Weg. Es war wirklich ein Wunder, wie manche, die seit Jahren nicht aus dem Bett herausgekommen waren, mit einmal laufen konnten. Im Nu war das Spital leer geworden bis aufs letzte Bett.

Der Spittelmeister konnte das Wunder gar nicht fassen. Er fand kaum Worte, um dem großen Arzt zu danken, und lud ihn ein, sein Gast zu sein. Till aber hatte es plötzlich eilig. „Was meint ihr wohl", sagte er, „wie man schon in Berlin und in Madrid und in Schöppenstedt und Buxtehude auf mich wartet!" Er ließ sich seine Gulden auszahlen und ritt schnell davon.

Wie erschrak aber der Spittelmeister, als nach drei Tagen alle seine Kranken wieder angelaufen, angeschlichen, angekrochen kamen! Auch nicht einer blieb aus, und jeder stöhnte, er sei angegriffener als zuvor und bester Pflege sehr bedürftig. Der Spittelmeister rang die Hände. „Wie geht denn das nur zu? Der fremde Meister hat euch doch allesamt gesund gemacht." Da erzählten sie, wie sich alles zugetragen hatte, und er mußte einsehen, daß er betrogen war. „Mein Geld bin ich losgeworden", seufzte er, „aber meine Kranken habe ich behalten.

Eulen und Meerkatzen

Als Arzt wagte Eulenspiegel nun nicht weiter aufzutre-
ten. Er beeilte sich vielmehr, aus der Gegend um Nürnberg fortzukommen. Unterwegs verzehrte er in lustiger
Gesellschaft seine Gulden bis auf einen kleinen Rest.
Dann wandte er sich seinem Heimatlande zu und kam
eines Abends durch das Petritor in die Stadt Braunschweig eingewandert.

In der Tür seines Hauses stand gerade ein Bäckermeister.
Der hatte schlechte Laune, denn er arbeitete nicht besonders gern und hatte doch keinen Gesellen, der ihm
half. Er hielt Eulenspiegel für einen wandernden Hand-
werker und rief ihn an:,,He, du, was für ein Geselle
bist du?'' ,,Ich?'' gab Eulenspiegel zur Antwort, ,,ich bin
ein Bäckerknecht.'' Da freute sich der Meister und nahm
ihn sofort in seinen Dienst.

Als er zwei Tage bei ihm gewesen war, meinte der Meister, nun könne er die Arbeit wohl allein verrichten. Damals mußten die Bäcker nämlich noch die Nacht hindurch backen, und da lag er lieber im Bett. Eulenspiegel
aber fragte:,,Ja, was soll ich denn backen?'' Darüber ärgerte sich der Meister, und er spottete:,,Du bist ein
Bäckerknecht und fragst noch, was du backen sollst?
Was pflegt man denn zu backen? Eulen und Meerkatzen.''
Damit ging er schlafen.

Als der Meister am anderen Morgen in die Backstube trat,

war er sprachlos. Weißbrötchen und leckere Semmeln, die er seinen Kunden am frühen Morgen liefern mußte, fand er nämlich nirgends. Dafür standen überall, auf dem Tische, auf dem Backtrog, auf dem Ofen, sogar auf dem Fensterbrett lauter Eulen und Meerkatzen rings umher, schön braun und knusprig, aus gutem Weizenteig gebacken.

Da kam der Meister in Wut. „Der Teufel soll dich holen! Was hast du denn gebacken?" „Aber Meister", schmollte Eulenspiegel, „was ihr mir befohlen habt: Eulen und Meerkatzen." Nun packte und schüttelte ihn der Meister. „Was soll ich mit dem Narrenkram machen? Dieses Brot nimmt mir kein Kunde ab. Bezahle mir meinen Teig!"

„Das muß ich denn wohl", war Tills Antwort. „Aber soll das, was ich gebacken habe, dann auch mir gehören?" „Ach, was frag' ich nach dem Kram!" erwiderte der Meister. „Eulen und Meerkatzen machen meinen Laden nur zum Spott der Leute." Da bezahlte Till mit dem Rest seiner Nürnberger Gulden die seltsame Backware, packte sie in einen Korb und ging damit zur Herberge „Zum wilden Mann". Unterwegs pfiff er vor sich hin und sagte zu sich selbst:„Hast du nicht oft gehört, Till, man könne die schnurrigsten Dinge nach Braunschweig bringen? Die Leute kaufen alles."

Nun war am anderen Tage Nikolaustag. Heute stellen die Kinder ihren Schuh ins Fenster, und über Nacht legt der Nikolaus Nüsse, Äpfel, Honigkuchen und allerhand Lek-

41

kerwerk hinein. Die Kinder von damals aber feierten am Abend vor Nikolaus ein frohes Fest. Sie durften tun und lassen, was sie wollten, bekamen Geld von ihren Eltern und konnten sich von den Straßenhändlern und in Buden allerlei schöne Dinge kaufen. Denen kam unser Eulenspiegel gerade zur rechten Zeit. Die drolligen Eulen und Meerkatzen, die man noch dazu essen konnte, ja, das war mal etwas Neues! Reißend wurde er sie los.

Als der geizige Meister das erfuhr, ärgerte er sich sehr. „Viel zu billig habe ich ihm den Kram gelassen!"schimpfte er. Dann schlurfte er in seinen Pantoffeln zur Nikolauskirche, um noch mehr Geld von Till herauszuschlagen. Aber der war längst davon.

Verdrossen ging der Bäcker heim, und die Frau Meisterin hatte wieder einen brummigen Mann. Doch sie war schlauer als er und gab ihm einen guten Gedanken ein. Täglich buk er nun selbst Eulen und Meerkatzen, und die Kinder, die vorübergingen, quälten die Mutter oder den Großvater oder die gute Tante so lange, bis sie ihnen eins der drolligen Tierchen kauften. So war es, und so ist's noch heute. In Braunschweig gibt es noch immer eine Bäckerei, die Eulen und Meerkatzen verkauft. Wenn Ihr einmal dorthin kommt, könnt Ihr sie Euch ansehen und Euch gebackene Eulen und Meerkatzen schmecken lassen.

Dort, wo einmal die Bäckerei gestanden hat, ist heute ein schöner Brunnen. Da sitzt, in Erz gegossen, der lustige

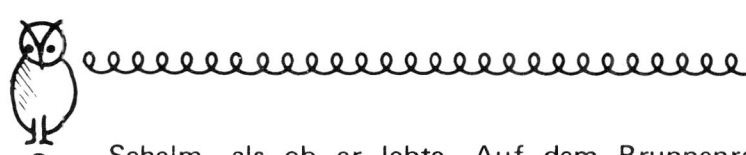

Schelm, als ob er lebte. Auf dem Brunnenrand aber hocken Eulen und Meerkatzen.

Stiefelspicken

Als Eulenspiegel seine Eulen und Meerkatzen so gut untergebracht hatte, war er wieder in der Herberge „Zum wilden Mann" eingekehrt. Dort schmauste er nach Herzenslust. Auch das gute Bier ließ er sich schmecken.

Als er am anderen Morgen ausgeschlafen hatte und sich noch in seinem Bette räkelte und reckte, sagte er zu sich selbst: „Till, alter Junge, sei gescheit! Lauf dem Bäcker lieber zunächst nicht in den Weg. Was sollst du auch noch hier? In anderen Städten gibt es auch einfältige Menschen." Damit sprang er aus dem Bett und fuhr schnell in seine Kleider. Als er aber seine Stiefel in die Hand nahm, wollten sie ihm nicht gefallen. Das Leder war recht hart geworden, denn es hatte in den letzten Wochen stark geregnet. „Ei", meinte er, „da laufe ich mir noch die Füße wund. Die müssen einmal ordentlich gespickt werden." Wie wir jetzt die Stiefel mit Lederöl oder Lederfett einreiben, damit sie weich und geschmeidig werden, benutzte man früher nämlich hierfür Speck. Man nannte das: die Stiefel spicken.

Till lieh sich also vom Wirt ein Paar Schuhe und ließ sich den Weg zum nächsten Schuhmacher zeigen. Dieser hieß Christoffer und wohnte nicht weit von der Herberge auf der Schuhstraße am Kohlmarkt, wo die meisten Schuhmacher damals ihre Werkstatt hatten. Eulenspiegel fragte: „Meister, könnt ihr mir diese Stiefel spicken? Ich muß

44

sie aber spätestens morgen wieder haben." „Das läßt sich machen", nickte der Meister. Da gab Till ihm die Stiefel, ging davon und dachte an nichts Böses.

Nun hatte der Schuhmacher einen Gesellen, der sich für sehr schlau hielt und gern die Leute neckte. Dieser sprang, als Till kaum die Tür hinter sich geschlossen hatte, vom Schemel auf und rief: „Meister, wißt ihr, wer das war? Eulenspiegel war es! Wenn ihr dem das aufgetragen hättet, was er euch aufgetragen hat, würde er es genau so ausführen, wie es gesagt ist." Der Meister schüttelte den Kopf: „Das verstehe ich nicht." Da erklärte es ihm der Geselle: „Man sagt doch spicken und meint schmieren. Wenn ihr das aber Eulenspiegel gesagt hättet, würde er euch die Stiefel genau so spicken, wie man einen Hasen spickt. So macht er es mit allen Leuten. Habt ihr die Geschichte vom Bäcker Mehl noch nicht gehört? Der ruft im Ärger, er soll seinetwegen Eulen und Meerkatzen backen. Und was meint ihr? Er backt wirklich welche!"

„Wenn's so ist", lachte da der Meister, „wollen wir ihm mit seiner eigenen Münze zahlen." Er holte Speck, schnitt ihn in feine Streifen und zog ihn mit der Spicknadel kreuz und quer durch die Stiefel wie durch einen Braten. Dann hängte er sie an die Wand.

Als Eulenspiegel am anderen Morgen in die Werkstatt kam, sah er sofort, was man seinen Stiefeln angetan hatte. Er wurde aber nicht wütend, wie Meister und Geselle angenommen hatten, sondern lachte nur: „Endlich einmal ein trefflicher Meister, der das tut, was man ihm sagt. Was bin ich schuldig?'' Der Meister nannte den Betrag. Eulenspiegel bezahlte, nahm die Stiefel und ging davon. Da konnten der Schuhmacher und sein Geselle sich vor Lachen nicht mehr halten. Laut platzten sie los, und der Meister prustete: ,,Na, was sagst du nun? Jetzt ist er selbst mal reingefallen.''

Kaum hatte er diese Worte gesprochen, da ließ sich ein furchtbares Klappern und Klirren vernehmen, und schon flog eines der schönen, bunten bleigefaßten Fenster mitten in die Werkstatt, und die Scherben schwirrten den beiden nur so um die Ohren, daß sie sich schleunigst niederduckten. Im Fenster aber erschien Eulenspiegels Kopf, und man sah, wie er mit den Schultern noch den Fensterrahmen nachstieß. ,,Kerl'', schrie der Meister wütend, ,,was machst du? Du verdirbst mir ja das ganze Fenster.'' Aber Till erwiderte höflich und bescheiden: ,,Nehmt's nicht übel, Meister. Ich hatte nur eine Frage vergessen. Ist der Speck, mit dem ihr meine Stiefel so schön gespickt habt, von einem Eber oder von einer Sau?'' Da wurde der Meister rasend vor Ärger. Er packte den Schusterhammer und warf ihn Eulenspiegel an den Kopf. Wenigstens wollte er das! In seiner blinden Wut traf er nämlich das zweite Fenster und zertrümmerte es auch noch. Till aber war längst verschwunden.

Nun ließ der Schuhmacher seinen Zorn an dem Gesellen aus. ,,Du hast mir ja einen guten Rat gegeben'', schrie er

ihn an. „Nun, dann trag jetzt auch die Kosten. Das Geld
für die neuen Fenster ziehe ich dir vom Lohn ab. Ich habe immer gehört, mit einem Schalk solle man sich nicht
einlassen. Hätte ich doch nur danach gehandelt!"
Ganz Braunschweig lachte über diesen neuen Streich.
„Ja, ja, der Eulenspiegel!" meinten schmunzelnd die
Leute auf der Straße. „Den ärgert so schnell keiner —
und lachen tut zum Schluß doch wieder er!" Am laute-
sten aber lachte Meister Mehl.

Mehlbeuteln in Uelzen

Von Braunschweig aus wanderte Till Eulenspiegel zunächst nach Uelzen, und auch dort spielte er einem Bäcker einen Streich. Als Till sich bei ihm nach Arbeit erkundigte, gab ihm der Meister den Auftrag, das Mehl in der Nacht zu beuteln. Damit bezeichnete man früher das Mehlsieben mit einem Beutel. Es mußte in der Nacht vorbereitet werden, damit dann frühmorgens der Teig fertiggemacht werden konnte.

Eulenspiegel war mit der Arbeit einverstanden, bat aber um ein Licht, damit er besser sehen konnte. Der geizige Bäcker aber meinte nur: „Meinen früheren Gesellen habe ich nie ein Licht gegeben. Beutle das Mehl im Mondenschein.'' Damit ließ er Eulenspiegel allein und legte sich für ein paar Stunden schlafen.

Man kann sich denken, daß Till sich über den Bäcker geärgert hatte und schon überlegte, wie er ihm einen Streich spielen könnte.

Kaum war der Meister fort, öffnete Till das Fenster zum Hof, auf den das Mondlicht fiel. Dann streckte er den Beutel hinaus und stäubte das Mehl im Mondenschein auf die Pflastersteine.

Als nun der Bäcker nach ein paar Stunden wieder in die Backstube kam, stand Eulenspiegel noch immer am Fenster und beutelte das Mehl. Der Bäcker traute seinen Augen kaum als er sah, wieviel Mehl schon auf dem Hof

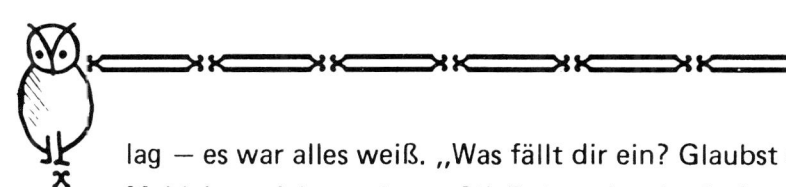

lag — es war alles weiß. „Was fällt dir ein? Glaubst du, das Mehl hat nichts gekostet?" Eulenspiegel sah den Bäcker unschuldsvoll an. „Aber Meister, habt Ihr nicht zu mir gesagt, ich solle das Mehl im Mondenschein beuteln? Das habe ich bis eben gemacht, und es war keine leichte Arbeit! Doch wenn Ihr nicht zufrieden seid, will ich gern alles zusammenkehren!"

„Ach, rutsch' mir doch den Buckel herunter!" entgegnete der Bäcker unwirsch. „Das Mehl ist verdorben, und selbst wenn ich es noch einmal beutle, schaffe ich den Teig nicht rechtzeitig."

Der Bäcker hatte kaum ausgesprochen, als Till schon einen Stuhl neben ihn schob und ihm von dort auf die Schultern kletterte. „Was ist das nun wieder?" rief der Bäcker wütend, als Eulenspiegel von den Schultern rutschte und ihn dabei fast umwarf. „Ich rutsche nur den Buckel herunter, Meister!"

Jetzt wurde der Bäcker so wütend, daß er den nächsten besten Gegenstand ergriff und Till damit verprügeln wollte. Doch der Schalk wartete nicht ab und sprang behende zur Seite. „Na warte, du sollst mich nicht ungestraft geärgert haben!" rief der Bäcker. „Ich werde jetzt einen Gendarmen suchen und dich verklagen, und dann sollst du sehen, wie dir's gehen wird."

Mit zornrotem Kopf lief der Bäcker aus der Backstube, ohne zu bemerken, daß Eulenspiegel ihm folgte. Zu so früher Stunde war natürlich kein Polizist zu finden, und so klingelte der Bäcker an der Wohnungstür des nächsten Polizisten. Dabei riß er fast den Glockenstrang ab, so wütend war er über Till. Als der Polizist erschrocken vor die Haustür eilte, um zu sehen, was es so früh am Morgen schon geben könnte, überschüttete ihn der Bäcker gleich mit seiner Klage. Er redete dabei so schnell und aufgeregt vom Mehl, vom Mond und vom Buckelrutschen, daß der Gendarm zunächst gar nicht verstand, was der Bäcker eigentlich wollte. Eulenspiegel stand die ganze Zeit daneben und riß seine Augen weit auf.

„Und wer ist der?" erkundigte sich jetzt der Polizist und zeigte auf Till. Der Bäcker fuhr herum, sah den Schalk und schrie erbost: „Was willst du hier?" „Ich muß doch meine Augen weit aufmachen, damit ich sehe, wie es mir ergeht!" „Geh mir aus den Augen, du Narr!" antwortete der Bäcker und drehte sich wieder um. „Wenn ich Euch aus den Augen gehen soll, so müßte ich doch erst drinnen sein, und dann müßte ich zu den Nasenlöchern herauskriechen, wenn Ihr die Augen zumacht." Da lachte der Polizist vergnügt, klopfte dem Bäcker auf die Schulter und ging in sein Haus zurück.

Der Bäcker stand noch einen Augenblick verwundert da und ging dann schimpfend in seine Backstube zurück. Eulenspiegel aber zog lustig pfeifend die Straße entlang. Hatte er doch wieder einmal gezeigt, daß man leere Redensarten nicht gebrauchen sollte, weil ein Schalk sie oft wörtlich nimmt . . .

Der beste Hufbeschlag

Eulenspiegel wanderte weiter gen Norden und kam nach Dänemark. Die Könige hielten sich damals gern einen Spaßmacher, der sie aufheitern mußte, wenn sie schlechter Laune waren. Auch der König von Dänemark ließ Eulenspiegel, von dem er schon viel gehört hatte, mitunter zu sich kommen und gewann ihn lieb. Denn Till war immer guter Dinge und brachte ihn oft zum Lachen.

Als er einmal einen besonders lustigen Scherz erzählt hatte, sagte der König: „Laß dir zum Lohn dafür einen Hufbeschlag machen, denn ich sehe, dein Gaul ist schlecht beschlagen." Damit war Eulenspiegel nun nicht sonderlich zufrieden. „Nur einen Hufbeschlag?" sagte er. „Na", lachte der König, „du magst den besten nehmen." Da ging Eulenspiegel zum Goldschmied, ließ Hufeisen aus purem Golde und silberne Nägel anfertigen und sein Pferd damit beschlagen. Als der Kämmerer, der des Königs Kasse zu verwalten hatte, die Rechnung bekam, schlug er die Hände über dem Kopf zusammen und lief sofort damit zum König. Der ließ Eulenspiegel kommen und sagte: „Wie kannst du dir nur einen solchen Hufschlag machen lassen? Wenn ich alle meine Pferde so beschlagen lassen wollte, müßte ich bald Land und Leute verkaufen." Till verneigte sich tief und erwiderte: „Gnädiger Herr König, ihr sagtet, daß ich den besten Hufbeschlag nehmen solle. Einen besseren als von Gold aber

konnte ich nirgends finden, und gegen euer Wort durfte ich doch nicht handeln." Da lachte der König: „Du bist wirklich der treueste Mann in meinem Hofgesinde. Was man dir sagt, das tust du aufs Wort. Nun, es mag diesmal hingehen. Was ein König versprochen hat, muß er halten." Eulenspiegel bedankte sich. Sofort aber ließ er die goldenen Hufeisen wieder abreißen. So hatte sein Scherz ihm doch noch reichen Lohn gebracht.

Der Brillenmacher

Eulenspiegel blieb beim König von Dänemark, bis dieser starb. Nun überlegte er sich, wie er aufs neue in den Dienst eines großen und reichen Herrn gelangen könne, der mit dem Geld nicht geizte. Da hörte er, daß die Kurfürsten und viele andere Fürsten in Frankfurt am Main zusammenkommen wollten, wohin der neu gewählte deutsche Kaiser sie berufen hatte. Sofort machte er sich dorthin auf den Weg. Wo so viele Fürstlichkeiten mit ihrem Gefolge weilten, kam auch er gewiß auf seine Kosten.

Unterwegs dachte er darüber nach, wie er es am besten anfange, um die Augen eines der Fürsten auf sich zu lenken. Sein heller Verstand ließ ihn auch diesmal nicht im Stich. Bald war sein Plan gefaßt. Als er sich dicht vor Frankfurt in Friedberg in der Wetterau befand, hörte er, daß der Erzbischof von Trier, der auch zu den Kurfürsten gehörte, mit großem Gefolge bald vorüberziehen werde. Schnell verschaffte er sich Kleider, wie die brabantischen Handwerksgesellen sie zu tragen pflegten, und ging, als ob es Zufall wäre, über die Straße, sobald der Erzbischof herankam.

Als dieser den seltsam gekleideten Mann sah, hielt er sein Roß an und fragte: „He, was bist du für ein Geselle?" Till verneigte sich und sprach: „Herr, ich bin ein Brillenmacher und komme aus Brabant in den Niederlanden, wo, wie ihr wißt, die geschicktesten Brillenmacher wohnen. Aber es gibt da nichts mehr zu tun, und deshalb mußte ich auf Arbeit wandern. Allein nirgends finde ich welche. Ach, es ist nichts mehr mit unserem Handwerk." Über diese Worte war der Erzbischof sehr verwundert. „Ich hatte gemeint, mit deinem Handwerk gehe es von Tag zu Tag besser. Hört man doch überall, daß bei den Leuten die Schärfe der Augen täglich abnimmt. Da müßte man doch viele Brillen nötig haben. Und wo man Brillen braucht", fügte er noch hinzu, „braucht man ja auch Brillenmacher."

Eulenspiegel verneigte sich noch einmal und gab zur Antwort: „Was ihr sagt, Herr Erzbischof, ist wahr. Eins aber verdirbt unser Handwerk." Da wurde der Erzbischof neugierig, und er fragte: „Nun, was soll das sein?" Till tat, als ob er ängstlich werde. „Ich würde es ja gern sagen, gnädiger Herr. Aber zuvor müßt ihr mir versprechen, daß ihr mir nicht zürnen werdet." Das wurde ihm zugesichert. Darauf begann er: „Vor alten Zeiten, so findet man es in den Chroniken geschrieben, studierten die Fürsten und Herren, wer sie auch sein mochten, fleißig die Rechtsbücher und lasen in den Gesetzen unseres Volkes, damit nur ja niemandem Unrecht geschehe. Vom vielen Lesen wurden ihre Augen schließlich schwach. Deswegen brauchten sie Brillen, und unser Handwerk stand in Blüte. Heute sehen die großen Herren, ob sie nun Papst, Kardinal, Bischof oder Kaiser, König, Fürst oder aber Ratsherr und

Richter sind, überall nur durch die Finger. Sie sehen mehr auf das Geld als auf das Recht. Das hat unser Handwerk verdorben, und wenn es so weiter geht, stirbt es am Ende gänzlich ab. Aber noch ein anderes kommt hinzu. Früher lasen die Geistlichen und die studierten Herren eifrig in den Büchern. Jetzt sind sie wohl so klug, daß sie alles im Kopfe haben. Jedenfalls sehen sie in vier Wochen oft kein Buch mehr an. So können sie sich natürlich auch die Augen nicht verderben und brauchen keine Brillen. Seht, Herr, das sind die Ursachen, weshalb unser Handwerk so heruntergekommen ist und ich von einem Land ins andere laufen muß und doch nirgends Arbeit finde."

Der Erzbischof verstand, was Eulenspiegel damit sagen wollte. Während dieser sprach, nickte er mehrfach zustimmend mit dem Kopfe. Dann sagte er: „Freund, du bist ein rechter Schalk. Aber du gefällst mir. Du hast wirklich gute Augen und siehst alles ohne Brille. Und du sagst die Wahrheit. Willst du, so tritt in mein Gefolge ein und zieh mit mir nach Frankfurt." Das war es ja gerade, was Till erreichen wollte. Der Erzbischof gab ihm schöne Kleider und gutes Essen. Er unterhielt sich auch gern mit ihm und freute sich an seinen Witzen und über seinen scharfen Verstand. So hatte der Schalk wieder frohe Tage und genoß sein herrliches, sorgenfreies Leben. Das dauerte so lange, bis die Kurfürsten den neu gewählten Kaiser noch einmal bestätigt hatten. Der Erzbischof hätte ihn freilich gern nach Trier mitgenommen. Aber ihn zog

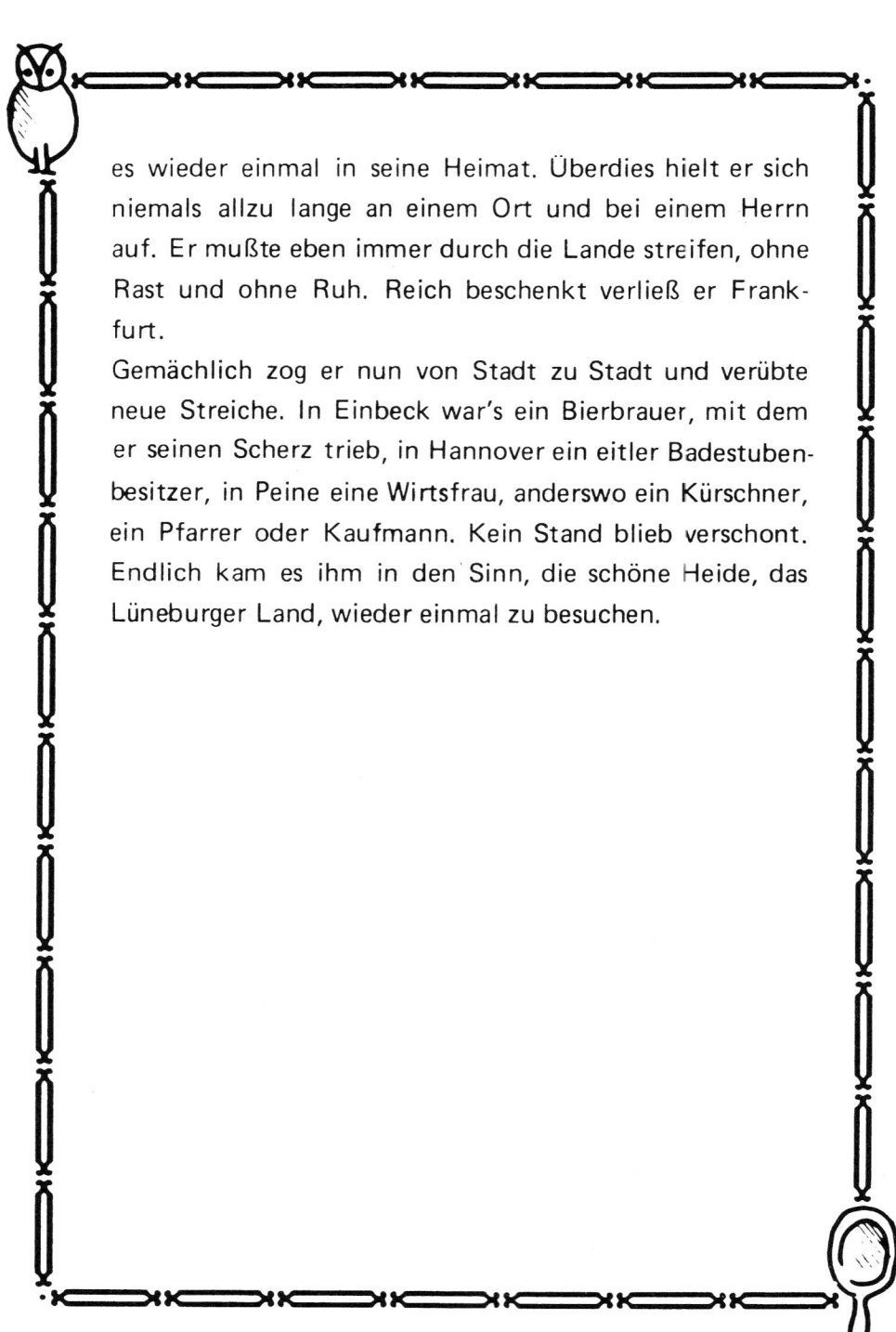

es wieder einmal in seine Heimat. Überdies hielt er sich niemals allzu lange an einem Ort und bei einem Herrn auf. Er mußte eben immer durch die Lande streifen, ohne Rast und ohne Ruh. Reich beschenkt verließ er Frankfurt.

Gemächlich zog er nun von Stadt zu Stadt und verübte neue Streiche. In Einbeck war's ein Bierbrauer, mit dem er seinen Scherz trieb, in Hannover ein eitler Badestubenbesitzer, in Peine eine Wirtsfrau, anderswo ein Kürschner, ein Pfarrer oder Kaufmann. Kein Stand blieb verschont. Endlich kam es ihm in den Sinn, die schöne Heide, das Lüneburger Land, wieder einmal zu besuchen.

Eulenspiegel beim Kürschner

In einem bitterkalten Winter kam Eulenspiegel nach Aschersleben. Er hatte nur noch wenig Geld bei sich und wußte nicht so recht, wo er bleiben sollte. Nur ein Kürschner suchte einen Gesellen, und so blieb ihm nichts anderes übrig, als bei ihm die Arbeit anzunehmen. Schon als er die Werkstatt betrat, hielt er sich die Nase zu.

„Pfui, stinkt das hier!" rief er entsetzt aus. „Natürlich stinkt das," sagte der Meister verwundert. „Du kannst das nicht riechen und kommst doch zu mir? Das sind die Felle, die hier zum Trocknen aufgespannt sind!"

Eulenspiegel nahm sich unwillig eine Arbeit vor und hustete den ganzen Tag in der schlechten Luft. Am Abend, nach dem Essen, sagte der Meister zu Till: „Lieber Geselle, ich merke wohl, daß du bei diesem Handwerk nicht gern bist, du bist wohl auch kein gelernter Kürschner, denn du bist den Geruch nicht gewohnt. Hättest du vier Nächte dabei geschlafen, so würdest du nicht die Nase rümpfen. Wenn es dir nicht gefällt, kannst du morgen weiterwandern." „Ach lieber Meister," sagte Eulenspiegel, „erlaubt mir, daß ich vier Nächte bei dem Werk schlafe, so sollt Ihr schon sehen, was ich alles kann." Damit war der Meister einverstanden, denn Eulenspiegel konnte gut nähen, und er brauchte ja auch dringend einen Gesellen. Als der Kürschner ins Bett gegangen war, nahm Eulenspiegel die zubereiteten Felle, die trockenen und die nassen,

57

legte sie alle auf einen Haufen, kroch dann darunter und schlief bis zum Morgen.

Als der Meister aufgestanden war und die Felle nicht mehr in der Werkstatt fand, suchte er Eulenspiegel. Er fand ihn unter dem großen Fellhaufen, mitten zwischen den trockenen und nassen Fellen. „Unnützer Kerl, jetzt sind mir alle Felle verdorben!" schimpfte der Kürschner. Eulenspiegel sah ihn verwundert an. „Warum seid Ihr so zornig, Meister? Ich habe doch erst e i n e Nacht in den Fellen gelegen, und Ihr habt doch gesagt, ich solle vier Nächte bei dem Werk schlafen!" Der Meister griff einen Knüppel und wollte Eulenspiegel schlagen, aber der sprang schnell auf und lief zur Treppe. Da kam ihm gerade die Frau des Kürschners und die Magd entgegen. Als sie ihn aufhalten wollten, rief er hastig: „Laßt mich schnell durch, ich muß einen Arzt holen, der Meister hat sich das Bein gebrochen."

Damit war er auch schon zwischen den verdutzten Frauen hindurch und aus dem Haus.

Eulenspiegels eigenes Land

Im Herzogtum Braunschweig-Lüneburg hatte Eulenspiegel einmal so arge Streiche verübt, daß der Herzog ihm verkündet hatte: „Ich lasse dich auf der Stelle hängen, wenn ich dich noch einmal in meinem Lande sehe." Till war darüber sehr betrübt, denn er war gern im Lüneburger Land. Bei seiner Rückkehr von Frankfurt stand er deswegen zaudernd an der Grenze. „Wag' ich's, oder wag' ich's nicht?" Dann kaufte er kurzentschlossen ein Pferd und einen Karren und fuhr damit geradewegs auf Celle zu, wo der Herzog wohnte. Beim letzten Dorfe vor der Stadt traf er einen Bauern, der seinen Acker pflügte. „Guter Freund", rief er ihn an, „wem gehört das Land, das du da pflügst?" Der Bauer sah auf. „Das Land hier? Ja, wem sonst als mir? Von meinen Vätern habe ich es geerbt." „Das mußte ich wissen", sagte Till. „Was willst du für einen Karren voll Erde aus deinem Lande haben?" Der Bauer schüttelte den Kopf. „So ein närrischer Kerl wie der ist mir noch niemals über den Weg gelaufen!" Aber Eulenspiegel beharrte auf seinem Wunsch. Da forderte der Bauer einen Schilling, nahm die Schaufel und warf den Karren bis oben hin voll Ackererde.
Eulenspiegel setzte sich mitten hinein und fuhr in Celle vor das schöne große Schloß. Nicht lange, da kam der Herzog aus dem Tor geritten. Als er das sonderbare Gefährt und den Mann darin erblickte, hielt er lachend an.

Aber aus seinem Lachen wurde Zorn, als er Till erkannte. „Habe ich dir nicht gesagt", rief er ihm zu, „daß ich dich nicht mehr in meinem Lande sehen wolle?"

„Gnädigster Herr Herzog", erwiderte Till, „bin ich denn in eurem Lande? Ich bitte euch, nein! Ich sitze hier in meinem eigenen Lande. Für einen Schilling habe ich es erworben, und der Bauer, der es mir verkaufte, ein braver Mann, versicherte, es sei sein Land und nicht das eure."

Da mußte der Herzog gegen seinen Willen wieder lachen. „Du bist ein unverbesserlicher Schalk und Possenreißer", sagte er. „Sieh zu, daß du mit deinem Land aus meinem Land verschwindest. Erwische ich dich nämlich noch einmal, dann lasse ich dich hängen mitsamt deinem Pferde, deinem Karren und deinem Lande." Darauf wollte es Eulenspiegel doch lieber nicht ankommen lassen. Er setzte sich also auf sein Pferd und ritt davon. Den Karren mit seinem Land aber ließ er vor dem Schloßtor stehen. Da kamen die Knechte des Herzogs und schaufelten die Erde herunter. So kam es, daß ein Stück von Eulenspiegels Land in Celle liegenblieb. Da soll es, so wird erzählt, noch heute liegen.

Till räumt ein Haus

Von Celle zog Eulenspiegel nach Hildesheim. Hier nahm ein Kaufmann, dem er zufällig auf der Straße begegnete, ihn als Knecht an. Er mußte die Öfen heizen, den Küchenherd bedienen und auch den Wagen in Ordnung halten. Aber wieder konnte er aus seiner Haut nicht heraus. Bald stand sein Sinn nach neuen Schelmenstreichen.

Der Kaufmann hatte gerade Besuch, einen Pfarrer aus Goslar. Als dieser wieder nach Hause reisen wollte, sagte der Kaufmann zu Till:,,Morgen in aller Frühe mußt du uns nach Goslar fahren. Richte den Wagen her und schmiere ihn tüchtig ein. Den ganzen Wagen, hörst du wohl! Und daß du mit dem Fett nicht sparst!'' ,,Ich tue, wie ihr befehlt, Herr'', war Eulenspiegels Antwort.

Am anderen Morgen, als es noch völlig dunkel war, bestiegen der Kaufmann und sein Gast den Wagen. Eulenspiegel saß als Kutscher auf dem Bock. Als es in schneller Fahrt um eine Ecke ging, griff der Pfarrer mit beiden Händen um sich, um einen Halt zu suchen. Da rief er voll Zorn.:,,Ei, was ist denn hier so fettig! Ich wollte mich am Wagen festhalten und habe mir die Hände über und über beschmiert.''

Der Kaufmann ließ halten und stieg ab. Nun sah er, daß der Wagen überall mit Wagenfett beschmiert war, sogar die Armlehnen und die schönen Polstersitze. Auch die Mäntel der beiden Insassen sahen übel aus. Wütend fuhr der Kaufmann Eulenspiegel an:,,Du Schelm, was hast du nur gemacht?",,Aber Herr", erwiderte dieser vorwurfsvoll, ,,nur das, was ihr mir gesagt habt! Ihr habt mir befohlen, den ganzen Wagen einzuschmieren. Das und nichts anderes habe ich getan. Und mit der Wagenschmiere habe ich, das könnt ihr mir glauben, wahrhaftig nicht gespart."

Was sollte der Kaufmann tun? Zufällig kam ein Bauer des Weges, der ein Fuder Stroh zum Markt bringen wollte. Dem kaufte er ein paar Bund ab, und damit reinigten sie, so gut es gehen wollte, den Wagen und sich selbst. Dann stiegen sie wieder auf und der Kaufmann rief Eulenspiegel zu:,,Du hinterhältiger Kerl! Von mir aus könntest du an den Galgen fahren!"

Während er und sein Gast sich noch über diesen ärgerlichen Vorfall unterhielten, ging die Fahrt weiter. Plötzlich hielt der Wagen. ,,Schelm, weshalb hältst du?" fragte der Kaufmann. ,,Herr, wir sind unter dem Galgen", gab Till treuherzig zur Antwort. Da blickten sie auf und sahen zu ihrem Ärger und ihrem Schreck, daß er sie unter den Galgen gefahren hatte. Die Schlinge, mit denen man die Verurteilten henkt, baumelte im Winde gerade über ihren Köpfen. Die Leute, die vorübergingen, sahen es und blieben lachend stehen. Der Kaufmann begann laut zu schelten und zu toben. Eulenspiegel aber sagte mit sanfter Stimme:,,Herr, weshalb schimpft ihr mich aus? Sagtet ihr nicht, ich möge an den Galgen fahren?"

Der Kaufmann erwiderte kein Wort, aber als sie am Abend wieder zu Hause eingetroffen waren, sagte er: „Einmal magst du hier noch essen und schlafen. Morgen früh aber räumst du mir das Haus. Hast du mich verstanden?" „Sehr wohl, Herr", war Tills Antwort, „ich werde nach eurem Wunsch handeln." Damit ging er in sein Zimmer.

Am anderen Morgen besuchten der Kaufmann und seine Frau einen Verwandten, der an dem Tage Geburtstag hatte. Als sie gegen Mittag zurückkehrten, stießen sie vor ihrem Hause auf eine große Menge Menschen. Die lachten und johlten und wiesen mit den Fingern auf das Haus. Verwundert drängte der Kaufmann sich hindurch. Da sah er, wie sein Knecht aus der Tür trat. Auf dem Rücken schleppte er einen großen Tisch. Vor dem Haus aber standen und lagen bunt durcheinander Stühle und Bänke, Tische und Betten, Töpfe, Teller, Kannen aus Kupfer und Zinn, Uhren und allerhand anderes Hausgerät.

„Du unnützer Kerl, was machst du nun schon wieder?" schrie er, außer sich vor Wut. Till aber erwiderte ganz ruhig:„Was ihr mir gesagt habt. Ich räume das Haus. Nur den Schrank, die große Truhe und die Tonne Bier im Keller konnte ich noch nicht hinausschaffen. Sie waren mir zu schwer. Seid doch so gut und faßt einen Augenblick mit an. Dann räumen wir die auch noch auf die Straße."

„Scher dich zum Teufel!" rief der Kaufmann. „Gern", antwortete Till. „Sagt mir doch, wo er wohnt. Ihr seid

wohl gut mit ihm bekannt?" Da lachten die Leute ringsum. Der Kaufmann aber trug seine Sachen wieder in das
Haus. Zum Schaden hatte er noch den Spott, solange er
lebte.

Eulenspiegel und der Pfeifendreher

Von Hildesheim ging Till Eulenspiegel nach Lüneburg.
Dort traf er im Schwarzen Roß, der bekannten Gaststätte, einen Mann, der ihm einen Streich spielen wollte. Es
war ein Pfeifendreher, der Till beim Bier einlud: ,,Komm
morgen Mittag zu mir und iß mit mir, wenn du kannst!''
sagte er freundlich zu ihm. Eulenspiegel sah dabei keine
Boshaftigkeit und freute sich über die Einladung.
Am anderen Tag ging er zum Haus des Pfeifendrehers.
Groß war sein Erstaunen, als er die Tür fest verschlossen
fand. Auch die Fenster waren alle verriegelt. Eine Weile
ging er vor dem Hause auf und ab und klopfte immer wieder einmal gegen Tür und Fenster. Dann aber bemerkte
er, daß der Mann ihm einen Streich gespielt hatte und
ging wieder in die Herberge zurück.
Am folgenden Tag begegnete der Pfeifendreher Till auf
dem Marktplatz. Freundlich begrüßte Till ihn und erkundigte sich dann: ,,Ist das hier so Sitte, daß man Gäste einlädt, dann aber selbst ausgeht und das Haus fest verschließt?'' Der Pfeifendreher lachte. ,,Du hast mir nicht
richtig zugehört. Ich habe doch zu dir gesagt ,komm und
iß mit mir, wenn du k a n n s t'! Wenn nun die Tür abgeschlossen ist, kannst du natürlich nicht.'' ,,Aha, so ist das
gemeint, vielen Dank für die Aufklärung, man lernt doch
nie aus!'' antwortete Eulenspiegel.
,,Ich will dich für den Streich entschädigen!'' sagte der

Pfeifendreher. ,,Geh' heute in mein Haus, da findest du Gebratenes und Gesottenes, da kannst du dich richtig satt essen. Sage nur meiner Frau, du seist von mir geschickt, ich werde gleich nachkommen. Aber geh allein, denn ich mag weiter keine Gäste haben.''

Eulenspiegel folgte dieser Aufforderung sofort und ging zum Haus des Pfeifendrehers. Tatsächlich fand er dort alles so vor, wie der Mann es ihm geagt hatte. Die Magd drehte gerade den Braten herum, und die Frau des Pfeifendrehers kostete die Suppe. Er ging auf sie zu, grüßte freundlich und sagte dann: ,,Euer Mann schickt mich, eilt schnell mit der Magd zu ihm, er hat auf dem Markt einen riesigen Fisch geschenkt bekommen und kann ihn kaum tragen.'' ,,Das ist ja eine Überraschung, aber was machen wir mit dem Essen, damit es nicht anbrennt?'' ,,Liebe Frau,'' antwortete Eulenspiegel, ,,ich will schon gern darauf achten.''

Voller Freude liefen die beiden Frauen zum Markt. Schon unterwegs trafen sie den Pfeifenmacher, der sie erstaunt fragte, wohin sie denn so schnell liefen. ,,Na, wir wollen dir helfen, den Fisch zu tragen, wo hast du ihn denn?'' ,,Fisch, welchen Fisch?'' ,,Na, den du geschenkt bekommen hast!'' ,,Wer verschenkt denn Fische? Wer hat das erzählt?'' ,,Der Eulenspiegel kam zu mir und sagte, wir sollten dir gleich helfen!'' ,,Das hat er nur gesagt, weil er wieder etwas ausgeheckt hat, wir müssen schnell nach Hause!''

Als sie vor dem Haus eintrafen, fanden sie es fest verschlossen. Auch die Fensterläden waren wieder verriegelt, so wie Eulenspiegel am gestrigen Tage das Haus vorgefunden hatte.

„Da siehst du nun, was für einen Fisch wir holen sollten!" klagte der Pfeifendreher und klopfte gegen die Tür. Aber Eulenspiegel öffnete nicht, sondern rief nur: „Gebt euer Klopfen ruhig auf, ich lasse niemanden hinein. Der Hauswirt hier, ein lieber Freund von mir, hat mich zum Essen eingeladen, aber ausdrücklich nur mich allein, denn er wollte weiter keine Gäste haben. Also geht nur wieder und kommt erst nach dem Essen." Er ließ sich auf Bitten und Rufen der Leute nicht weiter ein, aß und trank in Ruhe und legte sich dann noch zu einem kleinen Mittagsschlaf hin.

Erst am späten Nachmittag öffnete er die Tür, und die hungrigen Leute mußten zu ihrem Leidwesen sehen, daß Till alles aufgegessen hatte. Der Pfeifendreher blieb aber still und beklagte sich nicht, denn wer einen Schalk hereinlegen will, muß auch mit einem Gegenstreich rechnen!

Er schert seine Schafe

Eulenspiegel wandte sich wieder seinem Heimatland Braunschweig zu. Es ging ihm dort nicht besonders gut, denn er hatte wieder einmal kein Geld. „Ei, wie kann man zu Geld kommen, ohne allzu schwer arbeiten zu müssen?" überlegte er. Nun war ihm aufgefallen, daß alle, die im Dienst des Herzogs standen, seine Räte, seine Amtleute, aber auch seine gewöhnlichen Büttel, Vögte und Knechte, herrlich und in Freuden lebten, obwohl mancher von ihnen keinen übermäßigen Sold bezog. Darauf baute er seinen Plan.

Er ging nach Wolfenbüttel, wo der Herzog damals Hof hielt, und bot sich ihm als Hirt für eine seiner Herden an. „Darüber läßt sich reden", meinte der Herzog, „aber wieviel Lohn verlangst du denn?" Till wehrte ab. „Lohn? Nicht einen Pfennig!" Da lachte der Herzog:„So billige Diener habe ich gern. Aber wovon willst du leben?" „Ich werde meine Schafe scheren", gab Eulenspiegel zur Antwort und ging fröhlich lachend aus dem Schloß.

Als man ihm eine große Schafherde übergeben hatte, schrieb er an den Bürgermeister der nahen Stadt Schöppenstedt einen Brief: Er habe gehört, daß die Stadt gute Weiden besitze. Auf die müsse er die Schafe seines Herrn, des Herzogs, für den Sommer treiben. Als das die Schöppenstedter lasen, bekamen sie einen großen Schreck. Aber wenn die Schöppenstedter auch manchmal tolle

Streiche machen, sind sie doch im Grunde pfiffige Leute. Wenn die anderen über sie lachen, lachen sie über die anderen noch viel mehr. Die beiden pfiffigsten aber waren der Bürgermeister und sein Ratsherr, der Apotheker. Sie setzten sich zusammen und berieten den Fall. „Schöne Geschichte!" brummte der Bürgermeister. „Die vielen Schafe fressen unsere Weiden kahl, und unser eigenes Vieh muß hungern." „Das muß vermieden werden", meinte der Apotheker. „Wir müssen einen Ausweg finden, koste es, was es wolle." Eine Weile dachten sie nach, dann sagte er:„Geh zu dem Hirten, gib ihm 100 gute Worte und, wenn das nicht hilft, 20 blanke Gulden. Ich glaube, dann wird er uns verschonen."

Diesen Vorschlag billigten auch die übrigen Ratsherren, und der Bürgermeister suchte Eulenspiegel auf. Er bat ihn inständig, daß er sein Vieh doch auf eine andere Weide treiben und die Stadt verschonen möge. Till sträubte sich jedoch und fragte:„Was hast du für Gründe?" Nun trug der Bürgermeister einen Grund nach dem anderen vor, aber jedesmal schüttelte der Hirt den Kopf und sagte: „Der genügt nicht. Davon will ich nichts hören." Endlich legte der Bürgermeister, ohne ein Wort dabei zu sagen, fünf Gulden auf den Tisch. „Nun", schmunzelte Till, „der Grund läßt sich schon eher hören. Aber er genügt auch noch nicht." Da legte der Bürgermeister fünf Gulden und noch einmal fünf Gulden zu. Aber immer wieder sagte Till:„Der Grund genügt noch nicht." Erst als 20 Gulden auf dem Tische lagen, strich er sie mit den Worten ein:,,Eure Gründe sind sehr gewichtig. Sie haben mich überzeugt.'' Sofort schrieb er an eine andere Stadt, und da man hier gehört hatte, wie die Schöppenstedter sich losgekauft hatten, ließ man die gleichen Gründe sprechen. So trieb er es, von einer Stadt zur anderen, den ganzen Sommer hindurch. Hier bekam er 20 Gulden, dort 30 und sogar noch mehr.

Als der Herbst ins Land kam, fiel dem Herzog sein billiger Hirt wieder ein, und er wollte einmal sehen, wie er sich wohl durchs Leben schlage. Mit großem Gefolge ritt er zu ihm hinaus. Aber wie erstaunt war er, als er Eulenspiegel erblickte. Dieser trug einen prächtigen, mit Fuchspelz reich besetzten Rock, ganz wie die großen Herren. Er sah auch wohl und blühend aus und war dick und rund. Ein Knecht hütete für ihn die Herde und besorgte für ihn die grobe Arbeit. Da rief der Herzog verwundert:,,Wie geht das nur zu? Du dienst mir ohne Lohn und bist doch reich dabei geworden?'' Eulenspiegel zog die Mütze und erwiderte lächelnd:

,,Ist das Amt auch noch so klein,
es bringt immer etwas ein!

sagt man in eurem Lande. Danach habe ich gehandelt.'' Dann erzählte er dem Herzog, auf welche Weise er zu Geld gekommen war.

Der Fürst hörte aufmerksam zu und machte ein sehr nachdenkliches Gesicht zu der Geschichte. Dann blickte

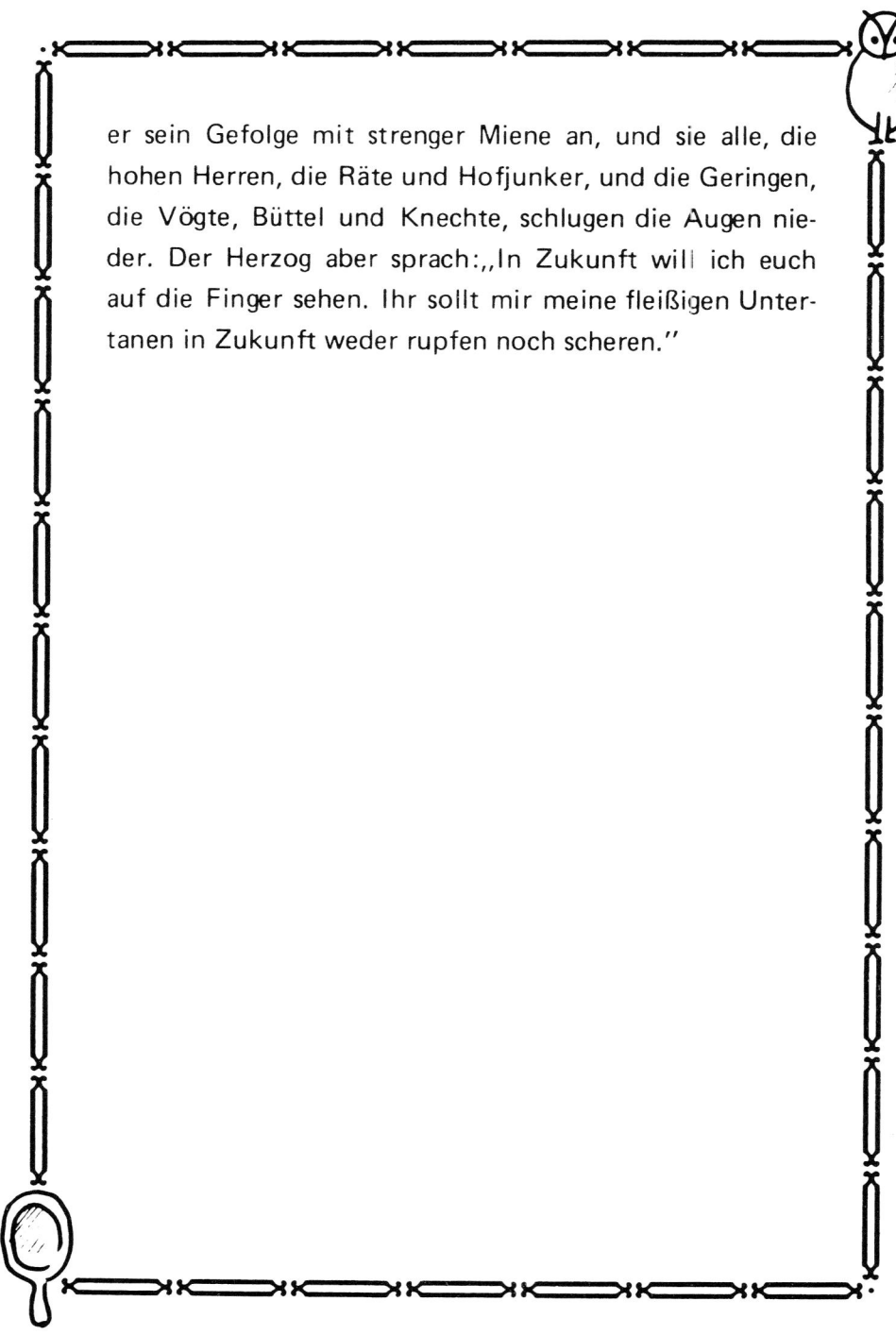

er sein Gefolge mit strenger Miene an, und sie alle, die hohen Herren, die Räte und Hofjunker, und die Geringen, die Vögte, Büttel und Knechte, schlugen die Augen nieder. Der Herzog aber sprach:,,In Zukunft will ich euch auf die Finger sehen. Ihr sollt mir meine fleißigen Untertanen in Zukunft weder rupfen noch scheren."

Der falsche Hase

Auf seiner Wanderung kam Eulenspiegel jetzt nach Leipzig. Dort wohnten — und wohnen noch heute — viele Kürschner. Die waren sehr kunstfertig und verdienten viel Geld, waren aber auch sehr stolz und bildeten sich auf ihr Können und ihren Wohlstand allerhand ein. Deswegen beschloß Eulenspiegel, ihnen einen Streich zu spielen und sie lächerlich zu machen. Denn eingebildete Leute konnte er nicht leiden.

An jedem Fastnachtsabend feierten die Kürschner ein frohes Fest im Hause ihres Obermeisters. Da aßen und tranken sie das beste, was sie bekommen konnten, und ließen es sich etwas kosten. Diesmal hätten sie gern einen leckeren Wildbraten verspeist. Aber das Wild war knapp, und nichts kam auf den Markt. Das hörte Eulenspiegel, und schon war sein Plan gemacht. Der Wirt, bei dem er abgestiegen war, hatte eine mächtig große Katze. Gegen ein gutes Trinkgeld besorgte er sich vom Koch ein abgezogenes Hasenfell. Dann fing er die Katze und nähte sie in das Fell.

Darauf zog er sich einen Rock an, wie ihn die Bauern tragen, und stellte sich mit dem Katzenhasen, den er in einen Sack gesteckt hatte, am Rathaus auf. Dort pflegten die Bauern zu stehen, die etwas zu verkaufen hatten. Er hatte noch nicht lange gewartet, da kam ein Kürschner des Wegs daher. „Wollt ihr nicht einen schönen dicken

Hasen kaufen, Herr?" sprach Till ihn an. Der Kürschner freute sich nicht wenig, daß gerade er es war, der seinen Zunftgenossen den erwünschten Braten bringen konnte. Deswegen sah er sich das Tier auch nur ganz flüchtig an, zahlte, was verlangt wurde, und trug den Sack mit dem seltsamen Wild darin voll Stolz in das Haus des Obermeisters.

Hier saßen die anderen Kürschner längst beim Trunk. „Ratet, was ich habe?" rief er ihnen schon von der Tür aus zu. „Na, was denn?" „Einen Hasen! Ich sage euch, so einen Hasen habt ihr euer Lebtag nicht gesehen!" Neugierig blickten die Kürschner in den Sack. Aber vom starken Trunk waren ihre Augen bereits trübe geworden, und auch sie, die doch jeden Tag mit Wild und Pelzwerk zu tun hatten, erkannten den Schwindel nicht. Sie lobten vielmehr den vortrefflichen Braten und fuhren sich im Vorgeschmack des herrlichen Genusses mit der Zunge über die Lippen.

Da kam plötzlich der große Jagdhund des Obermeisters in das Zimmer gesprungen, und zwei Gassenköter folgten ihm. Der Geruch der Katze hatte sie herbeigelockt. Als die Katze ihre Feinde witterte, gab sie in ihrer Angst dem Kürschner, der den Sack hielt, mit den scharfen Krallen einen tüchtigen Ratscher über die Hand. „Au, au! Paß auf, du Biest!" schrie dieser und ließ den Sack fallen. Die Katze witschte hinaus und sauste in den Garten. Die Hunde rannten hinterher. Die Kürschner sprangen eiligst auf, als sie ihren Braten durch die Tür verschwinden sahen. Stühle polterten dabei um; Bierkrüge krachten auf die Erde und zerschellten. Alle eilten in den Garten.

Aber wie groß war ihr Erstaunen, als sie den Hasen, den sie suchten, oben auf dem dicken Zweige eines Apfelbaumes erblickten? „Ist denn so etwas möglich?" sagte der dicke Obermeister und machte ein noch dummeres Gesicht als sonst. „Ein Wunder!" rief ein anderer. „Ein Hase, der auf Bäume klettert! Hat man so was je gesehen?" Aber in diesem Augenblick ließ der Hase vom Baum herab ein klägliches „Miau" erschallen, und nun merkten die Kürschner endlich, daß man sie beschwindelt hatte. In blinder Wut stürmten sie auf den Marktplatz, um den Bauern zu verprügeln. Till aber hatte seinen Rock längst wieder ausgezogen und stand lachend an der Ecke, als die Rotte mit geballten Fäusten dicht an ihm vorüberstürmte.

Auch den Kürschnern ging es nach diesem Schaden so, daß sie sich um den Spott nicht zu bemühen brauchten. Wo sich einer von ihnen blicken ließ, riefen ihm die Leute zu:„Ihr wollt die stolzesten Kürschner in ganz Deutschland sein und könnt nicht einmal einen Hasen von einer Katze unterscheiden?" Ja, die Kaufleute, die von weither zur Leipziger Messe kamen, trugen den Spott sogar in alle Welt hinaus.

Als Tischler in Dresden

Von Leipzig aus wanderte Till nach Dresden. Das Leben
in den großen Städten kostete auch schon damals viel
Geld, und so mußte sich unser Schalk bald wieder nach
Arbeit umsehen. In der Herberge erfuhr er von einem
Tischler, der gerade dringend einen Gesellen suchte.
Till Eulenspiegel stellte sich vor und meinte, er wolle die
Arbeit schon verrichten können. Der Meister freute sich,
einen jungen und kräftigen Gesellen so schnell gefunden
zu haben, denn er wollte gern auf eine Hochzeitsfeier
gehen.
„Lieber Geselle," sagte er zu Till, „ich werde morgen früh
gleich zu einer Hochzeit fahren und nicht bei Tage wie-
derkommen. Arbeite fleißig und bringe die vier Bretter
dort in den Leim." Damit zeigte er seinem Gesellen vier
wunderschön gehobelte Bretter, die einen Tisch ergeben
sollten. „Die vier gehören zusammen, und daß du nicht
mit dem Leim sparst!" Till versprach, er wolle alles ge-
treu ausführen.
Am anderen Morgen fuhr der Tischlermeister mit seiner
Frau zur Feier, und Till band sich eine große Schürze um,
nahm die vier Bretter und legte sie zusammen. In einem
großen Kessel schmolz er den Leim und als er fertig war,
bestrich er damit die vier Bretter, legte sie übereinander,
schlug noch ein paar grobe Keile darauf, so daß sie fest
zusammenlagen, und legte sie in die Sonne zum trocknen.

Wohlgefällig betrachtete er sein Werk. „So, schon geschehen, und jetzt kann ich wohl Feierabend machen."

Am Abend kam der Meister nach Hause. Er hatte ausgiebig gefeiert und war durch den vielen Wein in guter Stimmung. „Na, Eulenspiegel, was hast du gearbeitet?" „Ha, Meister, ich habe die vier Tischbretter aufs genaueste in den Leim gebracht und dann schon früh Feierabend gehabt." Das gefiel dem Tischlermeister, und er sagte zu seiner Frau, daß sie mit Till Eulenspiegel wohl einen guten, fleißigen Gesellen hätten.

Am andern Morgen ließ sich der Meister den Tisch bringen. Als er sah, daß Eulenspiegel die Bretter völlig verdorben hatte, sagte er zu ihm: „Sag mal, Geselle, hast du auch das Tischlerhandwerk gelernt?" „Aber Meister, warum fragt ihr das?" erkundigte sich der Schalk erstaunt. „Nun, ich frage deshalb, weil du mir die Bretter verdorben hast, du Hallodri!" Die letzten Worte stieß der Meister schon drohend hervor.

„Aber Meister, ich habe genau getan, wie ihr mir gesagt habt. Ist es nun verdorben, so ist es nur eure Schuld!" „Verschwinde aus meiner Werkstatt, du Schalk, von deiner Arbeit habe ich wohl kaum Nutzen!"

„Wie man's macht, ist es verkehrt!" sagte Till und zuckte die Schultern. Dann nahm er sein kleines Bündel und wanderte weiter.

Bei den gelehrten Herren in Prag

Eulenspiegel fürchtete aber doch, daß ihn die Kürschner noch einmal entdecken und ihm tüchtig was auf den Pelz geben würden. Darum wanderte er aus Leipzig fort über Dresden in die Tschechoslowakei hinein und kam nach Prag. Dort befindet sich noch heute eine berühmte Universität. Die gelehrten Herren dort, die Professoren und Doktoren, waren auch sehr stolz darauf und meinten, niemand könne sie an Gelehrsamkeit und Wissen übertreffen. So etwas konnte Till, wie wir bereits in der vorigen Geschichte sahen, gar nicht leiden, und er beschloß, sie lächerlich zu machen. Er verschaffte sich einen Talar und ein Barett, wie sie die Gelehrten damals trugen, und ließ einen Anschlag an das Tor der Universität heften. Darin kündigte er an, daß er der größte Meister der Gelehrsamkeit auf der Welt sei und auf jede Frage Antwort geben könne, sie möge lauten, wie sie wolle.

Der Rektor der Universität rief daraufhin sofort seine Professoren zusammen. „Wir müssen diesem Gelehrten Fragen stellen, auf die er keine Antwort weiß", sagte er. „Sonst glauben unsere Studenten, der Fremde sei uns an Wissen überlegen. Das aber darf nicht sein! Laßt uns deswegen die knifflichsten Fragen ersinnen. Kann er sie nicht beantworten, so schelten wir ihn einen Prahler und unwissenden Schwätzer, und die Studenten werden ihn mit Schimpf und Schande aus der Stadt verjagen."

78

Alle zerbrachen sich nun den Kopf, und als sie die Fragen beisammen hatten, luden sie Till zu einem feierlichen Wortstreit ein. Till erschien denn auch in dem Hörsaal, in dem der Rektor, die Professoren und viele Studenten bereits Platz genommen hatten. Der Rektor führte ihn auf das Katheder. Dann begann er:,,Ich lege euch die erste Frage vor. Wie viele Eimer Wasser sind im Meer? Könnt ihr die Frage nicht beantworten, dann seid ihr ein unwissender Schwätzer, und wir werden euch verdammen und bestrafen.'' Damit setzte er sich, und die Professoren und Doktoren um ihn nickten sich befriedigt zu.

Eulenspiegel legt die Hand ans Kinn und tat, als sinne er nach. Dann erhob er sich, blickte in den Saal und sagte: ,,Würdiger Herr Rektor, befehlt den vielen Flüssen und Gewässern, die an allen Enden der Welt ins Meer fließen, stillzustehen. Dann will ich's ausmessen und euch genau sagen, wie viele Eimer Wasser im Meere sind.''

Dagegen konnte der Rektor nichts einwenden. Deswegen stellte er die zweite Frage:,,Wie viele Tage sind vergangen, seit Gott die Welt erschuf?'' Diesmal besann Till sich keinen Augenblick. ,,Sieben Tage! Sind die herum, dann fangen die gleichen sieben Tage wieder an. So geht es fort bis ans Ende der Welt.''

Ein Murmeln ging durch den Saal. Aber da war niemand, der diese Antwort hätte widerlegen wollen. Der Rektor erhob sich daher schnell zur dritten Frage:,,Wo ist die Mitte der Welt?'' Auch darauf gab Till ohne Zögern Antwort. Lächelnd wies er in den Saal. „Hier, gerade hier ist die Mitte der Welt. Ihr glaubt es nicht? Nehmt nur eine Schnur und meßt selbst nach."

Das konnte natürlich niemand, und deshalb rief der Rektor ärgerlich:„Nun noch die letzte Frage. Wie weit ist's von der Erde bis an den Himmel?" „Nichts leichter als das!" erwiderte Eulenspiegel. „Der Himmel ist ganz nahe. Wenn man hier unten ruft, kann man's oben hören. Ihr meint,

dem sei nicht so? Steigt nur hinauf! Ich will hier unten rufen, und gebt acht, ihr werdet mich verstehen. Könnt ihr's nicht, dann will ich unrecht haben."

Der Rektor und die Professoren waren wütend. Aber gegen Eulenspiegels Antworten wußten sie nichts einzuwenden. Die Studenten waren auf ihn ebenfalls nicht gut zu sprechen. „Ei", dachte er, „wenn die herausbekommen, wer eigentlich in dem Gelehrtentalar steckt, geht es mir schlecht." Deswegen schlüpfte er zum Hause schnell hinaus und machte sich davon.

Der kluge Esel

In Erfurt, wohin er nun kam, war auch eine berühmte Universität. Da sagte er sich:,,Mit den gelehrten Herren in Prag ist's gut gegangen. Vielleicht geht es in Erfurt wieder gut, und es springt noch etwas für mich dabei heraus." Wieder machte er einen Anschlag an der Tür der Universität und behauptete, er könne einem jeden alles lehren, was man nur verlange. Das konnten die Erfurter Professoren nicht von sich behaupten. Deswegen rief der Rektor sie zusammen, um zu überlegen, wie man den Fremden Lügen strafen könne. Lange zerbrachen sie sich den Kopf, aber es kam nichts dabei heraus. Endlich meinte einer:,,Wenn er jeden alles lehren kann, dann muß er auch einen Esel lesen lehren können. Esel gibt's in Erfurt ja genug. Bringen wir ihm also einen jungen Esel. Wenn er dem das Lesen nicht beibringen kann, wird er ausgelacht." Alle atmeten auf und lobten diesen Vorschlag.

Der Rektor kaufte also einen jungen Esel und schickte ein paar Doktoren damit zu Eulenspiegel. ,,Hochgelehrter Herr Magister", begannen sie, ,,ihr versprecht, daß ihr jedem alles beibringen könnt. Nun, dann müßt ihr auch diesen Esel lesen lehren können, meint der Herr Rektor. Oder traut ihr euch das nicht zu?"

Einen Esel lesen lehren, das war nun freilich keine kleine Aufgabe. Aber Eulenspiegel dachte:,,Kommt Zeit, kommt Rat. Irgend etwas wird mir schon einfallen." Zu

den Doktoren aber sagte er:,,Ich danke dem Herrn Rektor und werde sein Vertrauen nicht enttäuschen. Freilich, eine recht unvernünftige und wenig zungenfertige Kreatur hat er sich ausgesucht. Das braucht seine Zeit. Zwanzig Jahre wird es dauern." Damit mußten die Herren sich einverstanden erklären. Eulenspiegel aber dachte:,,Das ist eine lange Frist. Da kann sich allerhand ereignen. Der Rektor kann sterben, dann bin ich meinen Auftrag los. Ich kann sterben, dann können sie nichts mehr von mir verlangen. Oder mein Schüler stirbt, dann können sie ihn nicht mehr prüfen."

Den Abgesandten des Rektors jedoch war nicht wohl zumute. Sie hatten fest damit gerechnet, daß der fremde Gelehrte den Esel als Schüler ablehnen werde. Ihr Verdruß wuchs noch, als Till fortfuhr:,,Mein Schüler und ich, wir müssen während der 20 Jahre leben. Auch verlange ich selbstverständlich einen Lohn für meine schwere Arbeit. 500 Gulden sind dafür wohl nicht zu viel, und einen Teil davon muß mir der Herr Rektor gleich als Vorschuß geben."

Der Rektor war über diese Mitteilungen nicht erfreut. Es blieb ihm jedoch nichts anderes übrig als zu zahlen. Schmunzelnd zog Eulenspiegel mit dem Geld in das Gasthaus ,,Zum Turm". Seinen Schüler, den Esel, brachte er in einem abgesonderten Stalle unter. Dann kaufte er ein großes altes Buch mit Blättern aus Pergament, das dick wie Leder war. Zwischen die einzelnen Blätter streute er

Haferkörner, und so legte er es dem Esel auf die Krippe. Der fraß die Körner, die auf der ersten Seite lagen. Dann merkte er, daß er dahinter auch noch welche finden könne. Er warf deshalb die Blätter mit dem Maul herum. Nur zwischen die allerletzten Seiten legte Eulenspiegel keinen Hafer. Wenn der Esel an diese kam, schrie er laut und kläglich:,,I-a, I-a!'' Das sollte heißen:,,Gib mir mehr!''

Nach einiger Zeit fragte der Rektor spöttisch:,,Mein lieber Herr Magister, was macht euer Schüler? Nimmt er eure Lehre an?'' ,,Danke der Nachfrage!'' erwiderte der Schalk. ,,Er ist gewiß von grober Art und schwer zu unterrichten. Aber mit großem Fleiß und vieler Mühe habe ich es immerhin bereits dahin gebracht, daß er einige Laute kann.'' ,,Ist das möglich?'' rief der Rektor und eilte sofort mit einigen Professoren in den Stall. ,,Seht ihr'', sagte Eulenspiegel, ,,wie geschickt er schon die Seiten wendet?'' Als der Esel, der vorher drei Tage hatte fasten müssen, an die letzten Blätter kam, schrie er laut: ,,I-a, I-a!'' Da klatschte Eulenspiegel in die Hände. ,,Na, habe ich zu viel gesagt, ihr hochgelehrten Herren? Zwei Laute hat er schon gelernt, das I und das A. Ich hoffe, er wird noch ein guter Schüler. Aber freilich, Zeit und Mühe wird es kosten.''

Da sah der Rektor ein, daß ein Schalk ihn zum besten hielt. Aber er mußte gute Miene zu dem bösen Spiel machen. ,,Freund'', sagte er deshalb, ,,laßt es damit genug sein. Geht eures Weges und nehmt meinetwegen eu-

ren Schüler mit." Damit war Eulenspiegel einverstanden. Aber eine Handvoll Gulden ließ er sich doch noch mitgeben auf den Weg.

Eulenspiegel ißt für Geld

Eulenspiegel wanderte darauf durch Thüringen an den Main nach Franken. Bald hatte er die Erfurter Gulden wieder ausgegeben. Als er nach Bamberg kam, hatte er viel Hunger, aber wenig Geld. Da kehrte er bei einer Wirtin ein, die hieß Frau Kunigunde und war stets vergnügt und lachte gern.

Die Wirtin fragte ihn, was er zu Mittag essen wolle. ,,Liebe Wirtin'', klagte er, ,,ich bin ein armer Bursche. Laßt mich umsonst essen. Gott wird es euch lohnen.'' Aber Frau Kunigunde schüttelte den Kopf:,,Guter Freund, an den Ständen der Bäcker und den Scharren der Fleischer gibt man mir dafür leider nichts. Nur für Geld könnt ihr bei mir essen.'' ,,Für Geld?'' rief Eulenspiegel voll Freude. ,,O, damit ist mir auch gedient. Für wieviel soll ich essen?'' ,,Nun'', sagte die Frau, ,,dort an der Herrentafel könnt ihr für 24 Pfennige essen, an jener dort für 18 und am Gesindetisch für 12.'' Das war billig, meint Ihr. Aber damals galt ein Pfennig weit mehr als heute; die Leute verdienten freilich auch nicht so viel wie jetzt. Eulenspiegel schien es jedoch auf das Geld nicht anzukommen. Er warf sich in die Brust:,,Frau, für je mehr Geld, desto besser ist es.'' Da führte ihn die Wirtin an die Herrentafel, und er aß und trank gewaltig. Selten hatte Frau Kunigunde einen Gast so essen sehen. Und sie war doch allerhand gewohnt.

Als er beim besten Willen nichts mehr herunterbringen konnte, stand er stöhnend auf und sagte, daß er nun weiterreisen wolle. Dann streckte er der Wirtin die offene Hand entgegen mit den Worten:,,Liebe Frau, gebt mir mein Geld!'' Frau Kunigunde wußte nicht, wie ihr geschah. ,,Euer Geld?'' rief sie. ,,Ich bekomme von euch Geld für das Essen und verdiene daran diesmal wahrhaftig keinen Pfennig.'' Da sah Eulenspiegel sie verwundert an. ,,Ihr wollt mir mein Geld nicht geben? Und dabei habt ihr mir doch gesagt, daß ich für Geld essen solle! Und wie sauer habe ich's mir werden lassen. Ich habe gegessen, daß mir der Schweiß ausbrach. Also bitte, gebt mir meinen wohlverdienten Lohn.''

Da lachte die lustige Frau Kunigunde. ,,Freund'', sagte sie, ,,daß ihr für drei Männer gegessen habt, ist freilich wahr. Trotzdem will ich euch die Mahlzeit schenken. Aber daß ich euch noch dafür bezahlen soll, das könnt ihr nicht verlangen. Kehrt auch, ich bitte euch, niemals wieder bei mir ein. Denn wenn alle meine Gäste so speisten wie ihr, müßte ich bald von Haus und Hof.'' Da bedankte sich Till bei der freundlichen Wirtin und ging seiner Wege.

Die Schildwachen von Nürnberg

Von Bamberg aus wandte sich Eulenspiegel nach Nürnberg. Er war sich aber nicht so ganz sicher, ob man dort
schon seine „Krankenheilung" vergessen hatte. Doch das
gute Essen und das schöne Bier lockte ihn, und schon
bald hatte er Unterkunft in einer Herberge gefunden.

Ein paar Tage befand er sich schon in der Stadt und beobachtete oft die Schildwachen, die in dem großen, kasten-
ähnlichen Bau unter dem Rathaus in ihren schweren Har-
nischen Wache hielten. Ihre dummen Gesichter, mit denen sie die Vorübergehenden musterten, reizten ihn zu
einem neuen Streich.

Till Eulenspiegel kannte sich in Nürnberg gut aus. Das
Rathaus stand in der Nähe der Pegnitz, über die eine alte
Brücke führte. Hier wollte Eulenspiegel seinen Streich
vorbereiten.

Als es wieder Nacht geworden war und in Nürnberg alles
schlief, ging er heimlich zu der alten Brücke und entfernte
drei Bretter. Man mußte schon ein guter Springer sein,
um jetzt nicht in das Loch zu fallen.

Danach ging er vor das Rathaus, hieb mit einem alten
Messer auf das Pflaster, daß die Funken aufflogen, und
machte dazu einen tollen Lärm. Als das die Schildwachen
hörten, eilten sie auf den Ruhestörer zu. Sie hatten nicht
viel zu tun und waren froh, hier einmal Beschäftigung zu
finden.

Eulenspiegel ließ sie erst nahe herankommen und tat so, als ob er sie nicht bemerken würde. Dann sprang er aber auf, lief zur Brücke und sprang gut über sein Loch. Die Wächter schimpften, weil sie ihm in ihren schweren Rüstungen nicht so schnell folgen konnten. Jetzt blieb Eulenspiegel wieder stehen und rief den Wärtern zu: „Ihr Schlafmützen! Ihr wollt Schildwachen sein? Man könnte ja die ganze Stadt wegtragen, ohne daß ihr den Dieb fangen könnt. Na wartet, wenn ich erst einmal Bürgermeister von Nürnberg bin, werdet ihr alle entlassen."

Durch diese Worte noch wütender gemacht, rasten die Wärter auf Till zu, ohne auf den Weg zu achten. Plötzlich verschwanden sie alle, und man hörte nur noch einen einzigen Schreckensruf, dann ein Platschen.

Eulenspiegel rief ihnen vom Ufer zu: „Warum lauft ihr denn nicht mehr? Ist das euer Amtseifer? Zu dem Bad hättet ihr noch früh genug kommen können!"

Als er sah, daß die ersten Wächter schon das Ufer erreichten, lief er schnell weiter, denn er dachte, daß das Nürnberger Gericht diesen Spaß nicht so ganz harmlos finden könnte und ihm vielleicht noch eine nähere Bekanntschaft mit Wasser und Brot verschaffen konnte. Aber Wasser — nein, das mochte Till nie so besonders gern. „Es ist ein zu starkes Getränk. Es kann große Mühlräder antreiben, und man kann sich zu Tode dran trinken — nein, da ist mir Bier lieber," pflegte er zu sagen. Damit verschwand er. Eulenspiegel wanderte weiter nach Köln.

Er zahlt mit dem Klang des Geldes

Auch in Köln am Rhein hatte Eulenspiegel mit einem
Gastwirt ein lustiges Erlebnis. Der war aber nicht gut-
mütig und freundlich wie Frau Kunigunde, sondern ein
grober Mensch, und ein Geizhals und Betrüger war er
noch dazu. Till wollte in seiner Wirtschaft einmal die
Mittagsmahlzeit einnehmen, aber es war noch nichts fertig. Das verdroß ihn, weil er sehr hungrig war. Der grobe
Wirt aber brummte nur:,,Wer nicht warten kann, mag essen, was er hat.''
,,Na, schön!'' erwiderte Eulenspiegel. Damit ging er in
die Küche, trat an den Herd, wo ein lecker duftender
Braten am Spieß schmorte, und aß eine trockene Semmel,
die er zufällig in der Tasche hatte. Als das Essen fertig
war, setzte sich der Wirt, wie es damals Brauch war, mit
seinen Gästen an die lange, reich gedeckte Tafel. Er forderte auch Till auf, Platz zu nehmen. Dieser aber setzte
sich abseits an einen Tisch und sagte:,,Danke, ich bin
schon vom Duft des Bratens satt geworden.'' Der Wirt
tat, als habe er nichts gehört. Aber als er herumging, um
die Zeche einzufordern, verlangte er auch von Eulenspiegel Bezahlung für das Essen. Dieser erwiderte verwundert:
,,Ich habe ja nichts gegessen. Wofür soll ich also zahlen?''
Der Wirt aber machte ein böses Gesicht und sagte:,,Hast
du nicht selbst zugegeben, daß du vom Duft des Bratens
satt geworden bist? Und war das nicht mein Braten?

Also zahle!" Da nahm Eulenspiegel ein paar Goldgulden aus dem Beutel, den er am Gürtel trug, und warf sie auf den Tisch, so daß ein lauter, heller Klang entstand. „Hörst du den Klang?" fragte er den Wirt. „Natürlich", gab dieser zur Antwort, „wie sollte ich ihn nicht hören?" „Nun", meinte Till lachend, indem er die Gulden wieder einstrich. „habe ich vom Duft deines Bratens satt werden müssen, so mag dich der Klang meines Geldes bezahlen!" Der Wirt gab sich nicht damit zufrieden. sondern lief zum Bürgermeister. Der aber kannte den habgierigen und schlechten Kerl und warf ihn zur Tür hinaus. „Du hast die Bezahlung erhalten, die du verdient hast", rief er ihm nach.

Ein Prahlhans wird bestraft

Ein andermal erteilte Eulenspiegel einem Wirt in Eisleben, der ein Aufschneider und ein Prahlhans war, eine derbe Lehre. Er war bei diesem abgestiegen, als er von Bamberg wieder nach dem Norden Deutschlands wanderte.

Eines Tages erwartete der Wirt drei Kaufleute aus Niedersachsen, die nach Nürnberg reisen wollten. Sie kamen jedoch erst spät in der Nacht, und der Wirt, der hatte wach bleiben müssen, empfing sie mit Vorwürfen. Die Kaufleute entschuldigten sich:,,Im Moor ist uns ein Wolf begegnet. Mit dem haben wir uns böse herumgeschlagen.'' Es war nämlich ein harter Winter, und da kamen häufig Wölfe aus dem Harz bis vor die Stadt.

Der Wirt aber verspottete sie. ,,Ihr seid tapfere Leute! Mir könnten draußen zwei oder drei Wölfe begegnen. Mit einem Knüppel jage ich sie davon.'' Das ärgerte Till. ,,Ihr habt wohl gemerkt'', sagte er zu den Kaufleuten, ,,was für ein Aufschneider und Angeber das ist. Aber er soll seine Strafe haben. Kehrt nur auf der Rückreise hier wieder ein.'' Da freuten sich die Kaufleute, und sie versprachen ihm viel Geld, wenn der Streich gelinge.

Nun besorgte sich Eulenspiegel eine Falle und fing auf der Heide einen Wolf. Den ließ er draußen liegen und ganz steif frieren, so daß er aufrecht stehen konnte. Als die Reisenden zurückkamen, verspottete der Wirt sie wieder mit dem Wolf. Eulenspiegel aber holte in der Nacht,

als alles schlief, seinen toten Wolf und stellte ihn in die Küche, so daß er vom Herdfeuer unheimlich beleuchtet wurde. Den Rachen hielt er ihm durch ein Stück Holz offen und steckte ein Paar Kinderschuhe hinein. Das sah furchtbar aus. Als ob der Wolf ein Kind verschlungen hatte.

Darauf ging er in die Kammer zurück, in der auch die Kaufleute schliefen, und rief laut:,,Herr Wirt, wir haben Durst. Bringt uns zu trinken!" Der Wirt, der sich nicht gern aus den warmen Federn erhob, brummte:,,Das sind rechte Niedersachsen! Die saufen Tag und Nacht." Dann rief er seiner Magd zu, sie solle den Gästen einen Trunk besorgen. Als diese in die Küche kam, erblickte sie den großen Wolf. ,,Huch", schrie sie entsetzt, ,,er hat die Kinder schon gefressen." Damit lief sie auf den Hof, um sich zu verstecken.

,,Herr Wirt, wo bleibt der Trunk?" rief Eulenspiegel nach einiger Zeit. ,,Ist denn das faule Geschöpf nicht aufgestanden?" knurrte dieser und sagte dem Knecht Bescheid. Als der in die Küche kam, erging es ihm nicht besser als der Magd. Er zitterte an allen Gliedern und versteckte sich im Keller.

Eulenspiegel wartete ein paar Minuten, dann rief er noch viel lauter:,,Zum Kuckuck, Herr Wirt, wann bekommen wir denn zu trinken?" Da schimpfte der Wirt auf sein faules Gesinde, erhob sich fluchend aus dem Bett und schlurfte in die Küche. Plötzlich sah er vor sich den Wolf mit dem weit aufgerissenen Maul. Vor Schrecken konnte er sich kaum rühren. Die Lampe, die er am Herd hatte anzünden wollen, fiel ihm aus der Hand. Dann lief er zur Tür hinaus und brüllte:,,Hilfe, Freunde, Hilfe! Ein Ungeheuer ist in der Küche. Es will mich fressen und hat schon die Kinder, den Knecht und die Magd verschlungen.''

Das ganze Haus wurde von dem Gebrüll munter. Eulenspiegel und die drei Kaufleute sprangen aus dem Bett und eilten in die Küche. Die Frau des Wirtes, die Kinder, die Magd, der Knecht, alle Gäste schlossen sich dem Zuge an. Eulenspiegel zündete eine Fackel an und trat, während die Frauen und Kinder und auch der tapfere Wirt entsetzt aufschrien, in die Küche. Er ging auf den Wolf los und gab ihm einen Fußtritt. Krachend kullerte das Ungetüm auf die Steine. Da merkten alle, daß ein toter Wolf den Wirt in Schrecken versetzt hatte. Je ängstlicher sie selbst zuvor gewesen waren, desto lauter lachten sie jetzt. Der Wirt aber schämte sich, verkroch sich im Bett und ließ sich auch am nächsten Tage nicht mehr blicken. Wenn er seitdem wieder einmal einen Gast verspotten oder mit seinem Mut prahlen wollte, sagte seine Frau nur:,,Mann, denk an den Wolf!''

Eulenspiegel als Turmbläser

Eulenspiegel zog mit den Kaufleuten von Eisleben fort.
Unterwegs bewirteten sie ihn auf's beste. So sehr hatten
sie sich darüber gefreut, daß er den hämischen Wirt dem
Spott der Leute preisgegeben hatte. Ja, sie hätten den
lustigen Gesellschafter gar zu gern in ihre Heimat mitgenommen. Aber dort hatte er so vielen einen Streich gespielt, daß er sich für die nächste Zeit nirgends sehen
lassen mochte. Deswegen nahm er Abschied von den Ge-
fährten.

In einem Dorfe hörte er, daß der Graf von Anhalt einen
Turmbläser suche. Sofort meldete er sich für diesen
Posten. Er glaubte nämlich, daß er es bei dem Grafen
ebenso gut haben werde wie beim König von Dänemark
oder beim Erzbischof von Trier. Diesmal kam es jedoch
anders. ,,Ich habe viele Feinde'', unterwies ihn der Graf
in barschem Ton. ,,Sie rücken mir oft unversehens vor
Stadt und Schloß und treiben das Vieh weg, das draußen
weidet. Deswegen paß scharf auf da oben auf deinem
Turm. Sobald du verdächtige Scharen siehst, bläst du:
Feinde!''

Nun hatte der Graf viel Hofgesinde und dazu zahlreiche
Reiter und Fußknechte, die er allesamt verpflegen mußte.
So kam es, daß, wenn es ans Schmausen ging, Till auf
seinem Turme oft vergessen wurde. Er bekam, was übrig
blieb, und auch das erst, wenn die anderen fertig waren.

Mitunter brachte man ihm auch gar nichts. Nein, das ging nicht so weiter!

Eines Tages sah er, wie feindliche Reiter vor die Stadt rückten und eine ganze Kuhherde wegtrieben. Er blies jedoch nicht und schlug auch keinen Lärm. Erst als der Hirtenknabe schreiend vor das Schloß gelaufen kam, erfuhr der Graf von dem Überfall. Schnell eilte er mit seinen Reitern zu den Pferden, um den Feinden nachzusetzen. Als er an Eulenspiegels Turm vorbeiritt, lag dieser mit seinem ganzen Leibe aus dem Fenster und lachte. ,,Weshalb bläst du nicht?'' rief der Graf wütend hinauf. Eulenspiegel rief lachend zurück:,,Ehe ich gegessen habe, tanze ich nicht gern und blase ich auch nicht gern.''

Der Graf verstand den Wink jedoch nicht. Noch einmal fragte er:,,Willst du nicht Feinde blasen?'' ,,Herr'', gab Till verwundert zur Antwort, ,,soll ich noch mehr Feinde herblasen? Das ganze Feld wäre dann ja voll von ihnen, und ihr würdet am Ende noch erschlagen.''

Der Graf konnte nichts mehr darauf erwidern, denn er mußte an den Feind. Es gelang ihm, diesen einzuholen und ihm die Kuhherde wieder abzujagen. Ja, er erbeutete noch allerhand, Vieh, Wild und edlen Wein. Am anderen Tage wurde im Schloß deshalb gesotten und gebraten. Der Duft stieg bis in Eulenspiegels Turm hinauf. Aber als die Essenszeit herankam, vergaß man ihn von neuem. Da nahm er sein Horn und blies aus Leibeskräften. Der Graf war mit seinen Knechten gerade beim besten Tafeln. Allein was half's? Sie mußten den perlenden Wein, die köstlichen Speisen stehenlassen und wieder auf die Pferde.

Als sie zum Tore hinaus waren, lief Till in den Saal, setzte sich an die Tafel und aß nach Herzenslust, fast noch mehr als damals in Bamberg bei der fröhlichen Wirtin Kunigunde. Als er sich gesättigt hatte, kam der Graf mit seinen Reitern zurück. Natürlich war er nicht in der besten Stimmung, denn draußen hatte niemand einen Feind gesehen. „Kerl", fuhr er Eulenspiegel an, „warum bläst du denn, wenn keine Feinde da sind?" „Herr", erwiderte dieser, „neulich habt ihr mich gescholten, weil ich keine Feinde hergeblasen hatte. Diesmal wollte ich es besser machen."

Da merkte der Graf, daß der Schalk seinen Spott mit ihm treiben wollte. „Du bekommst deinen Lohn", entschied er, „und dienst fortan als Fußknecht." Das war nun keineswegs nach Tills Geschmack. Wenn es daher an den Feind gehen sollte, war er immer der letzte, der zum Tor hinauszog. Eines Tages tadelte ihn der Graf deswegen. Aber Eulenspiegel erwiderte:„Herr, ihr dürft mir nicht zürnen. Wenn ihr und euer Hofgesinde längst beim Schmaus saßet, lag ich auf meinem Turm und mußte an den Fingern saugen. Davon bin ich so schwach geworden. Soll ich der erste am Feind sein, dann muß ich auch der erste bei der Tafel sein."

Jetzt verstand ihn der Graf. Er lachte laut auf und sagte:

„Du bist mir ein rechter Schalk! In Zukunft soll es mit deiner Speisung besser werden." Er hätte den schlauen Burschen nun gern in seinem Dienst behalten. Aber den drängte es wieder in die weite Welt hinaus. Er ließ sich seinen Lohn zahlen und zog davon, um sich das schöne Land Mecklenburg ein wenig anzusehen.

Er war hier

Zu Rostock im Lande Mecklenburg arbeitete Eulenspiegel einmal als Geselle bei einem Schmied. Wenn dieser Eisen schmiedete, durfte der Geselle, der mit den Blasebälgen das Feuer schüren mußte, nicht bummeln. Deswegen ermunterte er ihn mit den Worten: „Folg mir mit den Bälgen!"

Auch Eulenspiegel rief er diese Worte zu. Gleich darauf wurde er von einem Kunden in den Hof gerufen. Als er sich nach einer Weile umsah, stand der neue Geselle hinter ihm. Den einen Blasebalg, den er losgeschraubt hatte, hielt er in der Hand. „Meister," sagte er, „hier bin ich mit dem einen Blasebalg. Wo soll ich ihn hintun, damit ich den anderen auch noch holen kann?" Als der Meister ihn verblüfft ansah, fügte er hinzu: „Ihr sagtet doch, ich solle euch mit den Bälgen folgen." Der Schmied lächelte: „Guter Geselle, so war das nicht gemeint. Trag den Balg nur wieder an seinen Platz." Dem zweiten Gesellen aber flüsterte er zu: „Nein, ist das ein dummer Kerl!" Der aber blinzelte verstohlen zu Till hinüber und meinte: „Meister, er sieht gar nicht so aus. Ich glaube fast, er hält euch nur zum Narren."

Das verdroß den Meister. „Meinst du wirklich?" sagte er. „Na, dafür soll er seine Strafe haben." Denn der Meister war ein rachsüchtiger Mensch. Er weckte deswegen von nun an Eulenspiegel immer schon um Mitternacht

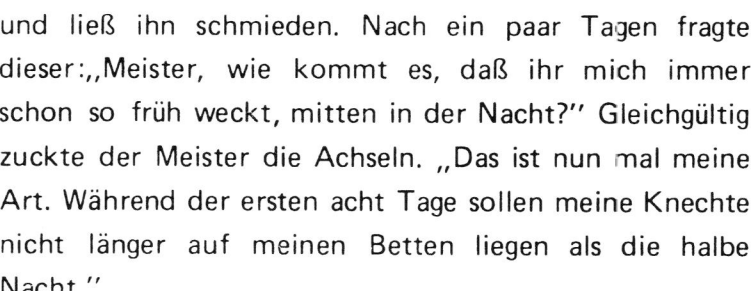

und ließ ihn schmieden. Nach ein paar Tagen fragte dieser:,,Meister, wie kommt es, daß ihr mich immer schon so früh weckt, mitten in der Nacht?'' Gleichgültig zuckte der Meister die Achseln. ,,Das ist nun mal meine Art. Während der ersten acht Tage sollen meine Knechte nicht länger auf meinen Betten liegen als die halbe Nacht.''

Eulenspiegel schwieg und gab sich scheinbar mit der Antwort zufrieden. Als ihn der Meister aber in der nächsten Nacht wieder so früh weckte, nahm er das Bett, band es sich auf den Rücken und ging damit in die Schmiede. Hier wartete er, bis der Meister kam. Dann trat er an den Amboß und schlug auf das glühende Eisen, daß die Funken nur so um ihn und um das Bett sprühten. ,,Bist du toll geworden?'' schrie der Schmied. ,,Verbrennst mir ja noch Bett und Haus!'' Aber Eulenspiegel hämmerte ruhig weiter und erwiderte:,,Das ist nun mal meine Art. Die eine Hälfte der Nacht liege ich auf meinem Bett, und die andere Hälfte liegt mein Bett auf mir.''

Da merkte der Meister, daß sein Geselle ihn tatsächlich nur zum besten hielt. Jähzornig, wie er war, rief er: ,,Trag das Bett schleunigst dahin, wo du es hergenommen hast und dann fort mit dir droben aus dem Hause, du frecher Schelm!'' Damit ging er in die Werkstatt. Als er nach einiger Zeit wieder auf den Hof trat, hörte er plötzlich ein seltsames Rascheln und Krachen vom Dache seines Hauses her. Verblüfft blickte er empor. Da flogen

103

auch schon Schindeln, Steine und Dachsparren ihm links und rechts um die Ohren. Auf einmal war ein grosses Loch im Dach, und durch das stieg Eulenspiegel auf einer Leiter empor. „Ihr dürft nicht schimpfen, Meister", rief er fröhlich, „ich tue nur, was ihr mich geheißen habt. Ich gehe oben aus dem Hause." Damit zog er die Leiter empor, winkte noch einmal und stieg vom Dache auf die Straße.

Der Schmied stand einen Augenblick starr und sprachlos da. Dann tobte er wütend los:„Meinen Spieß her, meinen Spieß her, daß ich den Schelm durchbohre!" Aber der zweite Geselle hielt ihn zurück. „Nicht doch, Meister. Er hat nur getan, was ihr ihm befohlen habt. Sagtet ihr nicht, er solle droben aus dem Hause gehen? Das hat er wörtlich ausgeführt. Aber nun weiß ich auch, wer es ist. Ich hatte mir's freilich gleich gedacht. Till Eulenspiegel ist's." Damit führte er den Meister um das Haus herum und zeigte ihm eine Stelle an der Tür. „Seht," sagte er, „da hat er sein Wappen hingemalt. Das tut er immer, wenn er jemanden einen Streich gespielt hat." Der Meister sah, daß mit Kohle eine Eule und ein Spiegel an die Tür gemalt waren. Darunter stand:„Hic fuit!" Das ist lateinisch und heißt auf deutsch:„Er war hier!"

Der Schneidertag

Der Schmied trug seinem Gesellen auf, niemandem von der Geschichte zu erzählen. Er wußte nämlich genau, daß man ihn deswegen nur verspotten werde. Eulenspiegel aber hielt sich noch einige Zeit in Rostock auf und sann auf neue Streiche. Nun war ihm aufgefallen, daß oftmals irgendwelche Leute zu Tagungen der Bäcker, der Schuhmacher, der Kaufleute und der Ärzte einluden. Diese Tagungen wurden mit großen Worten angekündigt, aber es steckte oft nicht viel dahinter. Deshalb beschloß er, die Leute, die sich dafür einfangen ließen, einmal lächerlich zu machen.

Er sandte Einladungen an alle Schneidermeister im Mecklenburgischen, im Lauenburgischen, im Lüneburgischen und noch weit, weit darüber hinaus. Ein großer Schneidertag solle in Rostock abgehalten werden, und eine Kunst wolle er sie lehren, ohne die kein Schneider sein Handwerk mit Erfolg betreiben könne. Da steckten in allen Städten weit und breit die Schneider die Köpfe zusammen. „Was für eine Kunst mag das sein?" fragte einer den anderen, aber natürlich wußte es niemand. Schließlich hob einer von den Meistern warnend den Zeigefinger und meinte:„Laßt uns lieber hingehen, Nachbarn. Sonst könnte uns am Ende etwas entgehen. Wir sind dann die Dummen, und die anderen haben den Vorteil." So kam es, daß an dem festgesetzten Tage viele hundert Schneider von nah und fern sich auf den Weg nach Rostock machten. Dort trat mancher von ihnen heimlich an Eulenspiegel heran und bat ihn, doch von seiner Kunst ein wenig zu verraten. Der aber tat sehr geheimnisvoll und ließ sie warten, bis alle beisammen waren. Dann forderte er sie auf, sich vor der Stadt auf einer Wiese zu versammeln.

Da standen sie nun im nassen Grase und froren, denn Till ließ sie lange warten. ,,Was mag er uns wohl zu sagen haben?'' wurde mitunter gefragt. Man vermutete dieses und jenes, aber Genaues wußte niemand. Endlich, als sie ihre Ungeduld und Neugier kaum noch bezähmen konnten, erschien Eulenspiegel oben am Fenster eines Bauernhauses. ,,Freunde'', rief er hinunter, ,,ich habe versprochen, euch eine Kunst zu zeigen, ohne die ihr euer Handwerk nicht mit Erfolg betreiben könntet. Ich werde mein Versprechen jetzt erfüllen. Hört mich an! Wenn man euch irgendein Kleidungsstück zu nähen gibt, sei es ein Mantel, eine Hose, eine Weste oder ein kostbarer Festrock, so dürft ihr eines nicht vergessen. Sonst ist alle eure Mühe vergebens.'' Hier machte er eine Pause. Die Schneider unten aber zappelten von Ungeduld und riefen:,,Was dürfen wir denn nicht vergessen? So sag es uns doch endlich!'' Da nahm Eulenspiegel wieder das Wort:,,Gewiß, ich will es euch sagen. Hört also genau zu! Wenn ihr so ein Kleidungsstück zu nähen habt, eine Hose, eine Weste, oder einen Rock, so vergeßt nie und nie, bevor ihr mit der Arbeit beginnt — denn seht, alle Mühe würde sonst vergebens sein —, also vergeßt um keinen Preis . . . " Hier unterbrachen die ungeduldigen Schneider ihn mit lauten Zurufen:,,Ja, ja, wir werden es nicht vergessen! Aber sag uns nur erst, was es ist." Eulenspiegel fuhr fort:,,Wenn ihr anfangen wollt zu nähen, dürft ihr ja nicht vergessen, in das hintere Ende eures Fadens einen Knoten zu schlagen. Wenn ihr das versäumt, dann fährt der Faden durch das Zeug hindurch und haftet nicht und ihr tut manchen Stich vergebens." Damit trat er vom Fenster zurück.

Die Schneider sahen sich sprachlos an. Dann aber riefen sie wild und wütend durcheinander:,,Was denn, soll das alles sein? Das wußten wir schon lange. Haben wir nur deswegen den weiten Weg gemacht? Warte, du Schwindler, du Halunke, das sollst du uns büßen!" Wütend stürmten sie in das Haus, um Eulenspiegel zu verprügeln. Aber der hatte sich auch diesmal schnell davongemacht. So mußten die Schneider den Heimweg antreten, ohne daß sie von der Reise etwas anderes gehabt hätten als viel Verdruß und große Kosten. Und die Leute, an denen sie vorüberkamen, lachten sie noch aus. Denn auch diese Geschichte hatte sich schnell herumgesprochen. So waren sie nicht gerade in der besten Stimmung und schimpften laut auf den Betrüger. Aber einer von ihnen sagte:,,Gevattern, hört mich einmal an! Geschieht uns nicht ganz recht? Wußten wir denn nicht, daß er ein Schalk ist und die Leute an der Nase herumführt? Weshalb sind wir ihm gefolgt? In Zukunft wollen wir uns unsere Leute genauer ansehen und nicht mehr auf jeden Schwindel hereinfallen."

,,Recht hast du, Nachbar", stimmte ein anderer bei. ,,Ich Esel hätte den Schelm auch besser kennen sollen. Hat er doch meinem Schwager, dem ehrlichen Meister Meck in Berlin, einmal einen Streich gespielt. Soll ich euch die Sache mal erzählen?" ,,Ja, erzähle nur", ermunterten ihn die anderen, ,,das verkürzt den Weg und hilft den Ärger verjagen."

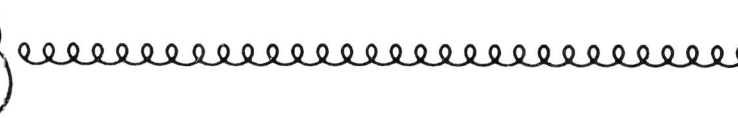

Eulenspiegel wirft Ärmel in den Rock

Da begann der Meister zu erzählen:,,An einem Sonnabend vor Pfingsten saß mein Schwager, Meister Meck in Berlin, noch ganz spät auf seinem Tisch, nähte emsig darauf los und war dabei müde und verdrossen. Er hatte vor den Festtagen viel zu tun gehabt, und nun mußte der Festrock seines besten Kunden, des Ratsherrn, noch bis zum anderen Morgen fertig werden. Dabei war er so müde, daß er fast vom Tisch gesunken wäre und daß er die Nadel kaum noch halten konnte. Wie er da so sitzt und seufzt, klopft es plötzlich an der Tür, ein schlanker, junger Bursche schlüpft hinein und verbeugt sich höflich und gewandt. ‚Ha‘, ruft Meck, ‚du mußt ein Schneider sein; das sehe ich an deinem höflichen Benehmen. Willst du Arbeit bei mir annehmen?‘ ‚Gern‘, sagt der Geselle, ‚aber ich bin furchtbar hungrig.‘ Meck war so erfreut über diese unerwartete Hilfe, daß er ihm sofort vom Besten vorsetzte, Brot und Speck, Butter und Wurst. Hei, hat da der Bursche zugelangt! Es sah aus, als hätte er seit acht Tagen nichts gegessen. ‚Durstig bin ich auch‘, stößt er mitten im Kauen noch heraus. Meck setzt ihm einen Krug Bier hin, den er mit einem Zuge austrinkt. ‚So‘, sagt der Meister dann, , und hier hinter der Werkstatt kannst dur schlafen. Aber wirf mir vorher erst noch die Ärmel da in den Rock!‘ Damit geht er zufrieden die Treppe hinauf, legt sich aufs Ohr und ist nach zwei Minuten eingeschlafen.

Aber mitten in der Nacht wacht er plötzlich auf. Was ist denn das für ein Geräusch da unten in der Werkstatt? Plumps! geht es, als ob ein schwerer Gegenstand zu Boden falle. Dann ist es wieder, als springe jemand hin und her. Der Meister zieht sich den Schlafrock über und huscht leise in die Werkstatt. Und was meint ihr, was er da sieht? Der neue Geselle hat den Festrock des Ratsherrn an einen Nagel gehängt und daneben in den Wandleuchtern sechs dicke Wachskerzen angezündet. Denkt euch, sechs von den teuren dicken Kerzen! Und sie waren schon beinahe heruntergebrannt. Er selbst aber steht fünf Schritte davon, hat einen Ärmel in der Hand und schleudert ihn, weit ausholend, gegen den Rock. Natürlich plumpst er zur Erde. ,Vielleicht geht es so!' hört ihn der Meister murmeln. Darauf springt er ein paar Schritte zur Seite und wirft den Ärmel gegen die Decke, so daß er an der Wand herunterrutscht. ,Nein', sagt er dann leise, ,so geht es auch nicht. Ich muß wohl einmal daran lecken.' Und was meint ihr, er zieht sich den kostbaren Stoff wahrhaftig durch sein ungewaschenes Maul.

Natürlich konnte Meister Meck das nicht länger mit ansehen. ,Kerl', schreit er, ,reitet dich der Teufel? Verbrennst die teuren Kerzen, beschmutzt das gute Tuch, weckst mich noch aus dem Schlaf. Und weshalb das alles? Du treibst hier nichts als kindischen Unsinn.' Was meint ihr, was der Bursche darauf zur Antwort

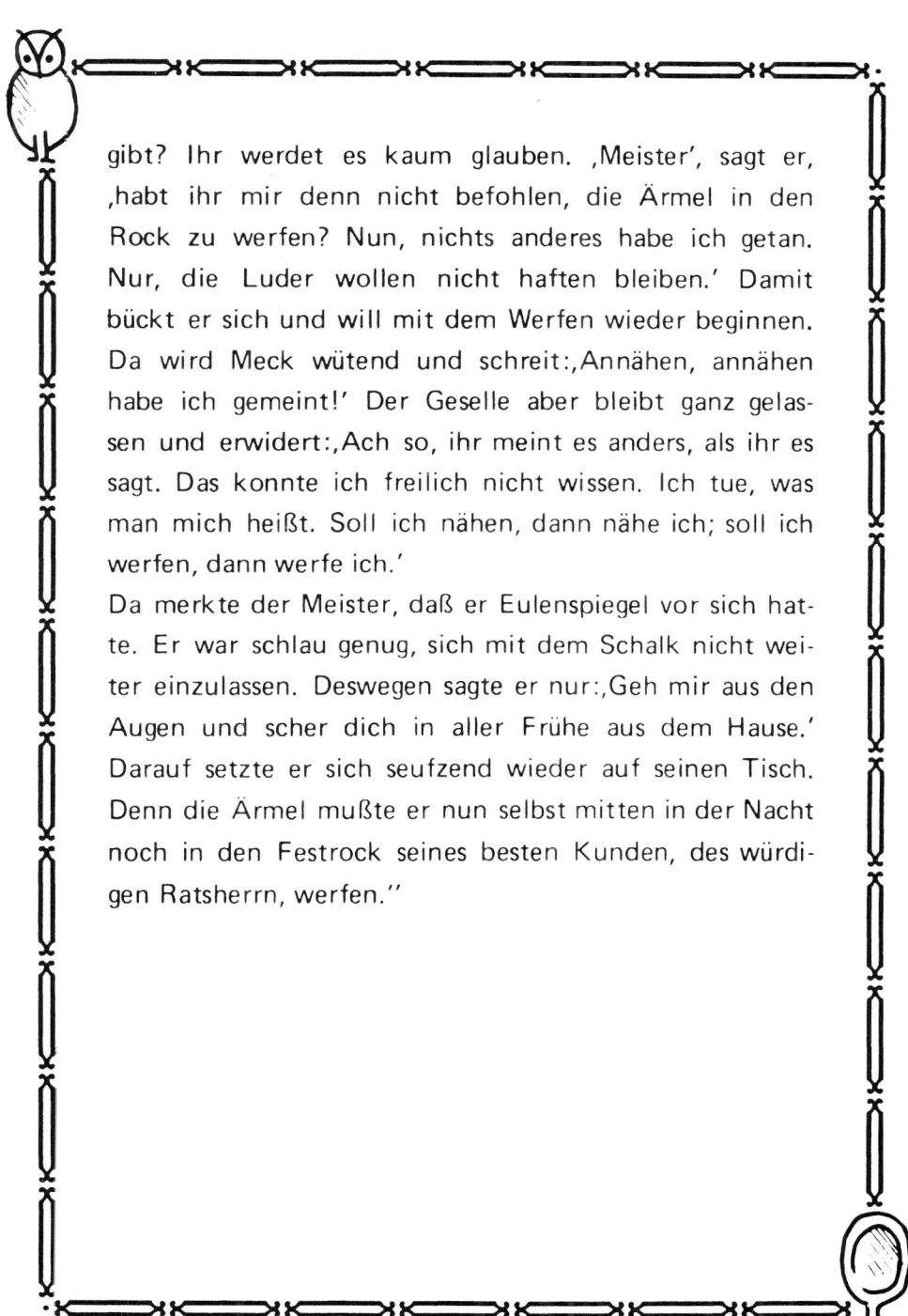

gibt? Ihr werdet es kaum glauben. ‚Meister‘, sagt er,
‚habt ihr mir denn nicht befohlen, die Ärmel in den
Rock zu werfen? Nun, nichts anderes habe ich getan.
Nur, die Luder wollen nicht haften bleiben.‘ Damit
bückt er sich und will mit dem Werfen wieder beginnen.
Da wird Meck wütend und schreit:‚Annähen, annähen
habe ich gemeint!‘ Der Geselle aber bleibt ganz gelassen und erwidert:‚Ach so, ihr meint es anders, als ihr es
sagt. Das konnte ich freilich nicht wissen. Ich tue, was
man mich heißt. Soll ich nähen, dann nähe ich; soll ich
werfen, dann werfe ich.‘

Da merkte der Meister, daß er Eulenspiegel vor sich hatte. Er war schlau genug, sich mit dem Schalk nicht weiter einzulassen. Deswegen sagte er nur:‚Geh mir aus den
Augen und scher dich in aller Frühe aus dem Hause.‘
Darauf setzte er sich seufzend wieder auf seinen Tisch.
Denn die Ärmel mußte er nun selbst mitten in der Nacht
noch in den Festrock seines besten Kunden, des würdigen Ratsherrn, werfen.‘‘

Drei weggewehte Schneider

Obwohl dieser Streich einen von ihrer Zunft betroffen hatte, mußten die Meister herzlich über die Geschichte lachen. Sie machten ihre Scherze über die eingeworfenen Ärmel und wanderten vergnügt der Heimat zu. Ihr Ärger war beinahe verflogen.

Das ermutigte einen von ihnen, den Meister Langfaden, der sonst immer ein wenig schüchtern war, auch mit einem Schwank von Eulenspiegel aufzuwarten. ,,Freunde'', sagte er und blieb mitten auf dem Wege stehen, ,,wißt ihr auch, daß Eulenspiegel bald nach der Berliner Geschichte gleich drei Schneidern auf einmal übel mitgespielt hat?'' ,,Drei Schneidern auf einmal?'' riefen die anderen Meister und blieben gleichfalls stehen. ,,Wie hat sich denn das zugetragen?'' ,,Habe ich es euch noch nicht erzählt?'' fragte Langfaden. ,,Aber nein!'' erwiderten ungeduldig die anderen Meister. ,,Wann tust du schon einmal den Mund auf? Hole es wenigstens jetzt schnell nach.''

,,Von Berlin'', begann Langfaden, ,,ist Eulenspiegel damals die Havel hinab nach Brandenburg gezogen. Am Markt ist er in einem vornehmen Gasthof abgestiegen. Dicht dabei wohnte auch ein Schneidermeister, der größte in ganz Brandenburg, der die feinsten Kunden hatte.'' ,,Langfaden'', unterbrach ihn Meister Bügel, ,,woher weißt du denn das alles?'' Der Angesprochene lächelte versonnen:,,Hab' ich doch damals selbst im schönen Brandenburg die Nadel geschwungen. Freilich nicht bei dem großen Meister am Markt. Dieser also hatte drei Gesellen. Das waren ein paar tolle Burschen, die mit allen Leuten ihre Possen trieben. Deswegen mochte sie niemand leiden, auch keiner von uns Schneidern, denn sie hielten sich für mehr wert als wir und sahen auf uns herab.

Wenn es warm und in der Werkstatt schwül und stickig war, nähten die drei gern vor dem Hause, wie wir es ja an heißen Tagen gleichfalls machen. Sie saßen dann auf einer langen Tischplatte, die sie jeden Morgen auf vier dort eingerammte hohe Pfosten legten. Von da aus verspotteten sie alle, die vorübergingen. Als sie Eulenspiegel erblickten, erkannte ihn einer der Gesellen. ,Da geht der berühmte Schalk Eulenspiegel', flüsterte er seinen Kumpanen zu. ,Ihr wißt ja, er verspottet alle Menschen. Jetzt wollen wir es mit ihm einmal genau so machen.' Sobald Till sich nun auf dem Marktplatz sehen ließ, riefen sie Schimpfworte hinter ihm her: ,Narr! Schelm! Possenreißer!' und dergleichen. Sie warfen ihm auch Tuchfetzen auf den Rock und trieben allerhand Schabernack mit ihm.

Eulenspiegel tat, als sehe er sie gar nicht. Aber er war entschlossen, die Spötter zu bestrafen, und den Plan dazu hatte er bereits fertig. Heimlich sägte er in der Nacht die Pfosten an, auf welche die Gesellen ihre Tisch-

platte legten. Am anderen Morgen schlenderte er schon
früh vor dem Hause des Schneidermeisters auf und ab.
Natürlich verspotteten ihn die drei wieder tüchtig. Er aber
lächelte nur still in sich hinein.

Plötzlich klang ein mächtiges Tu-u-uut über den Marktplatz. Der Schweinehirt trieb seine Herde zusammen, um
sie vor das Tor zu führen. Da ließ auch der Meister seine
dicke Sau heraus. Die rieb sich dann immer ihren dicken
Rücken an dem vorderen Pfosten, wie's die Schweine
eben machen. Und das - merkt ihr's wohl? - hatte der
Schelm genau beobachtet. An diesem Morgen nun kracht
der Pfosten plötzlich zusammen. Denn Till, erinnert euch,
hatte ihn ja angesägt. Die Tischplatte neigte sich vorn-
über, und die drei Schneider sausten in hohem Bogen auf
den Marktplatz. Mitsamt dem feinen Tuch, an dem sie
gerade nähten, wälzten sie sich im Dreck mitten zwischen
den Schweinen. Ja, der eine stieß sich die Nähnadel gerade in die Nasenspitze. Alle Vorübergenden blieben
stehen und krümmten sich vor Lachen. Eulenspiegel aber
rief:,Seht, da hat der Wind drei Schneider weggeweht!'
Dieser Spott auf die Schneider hat uns anderen Schnei-
dergesellen etwas verdrossen. Aber gelacht haben wir
doch, und gegönnt haben wir es den drei Hochnäsigen
ebenfalls.''

Dem stimmten auch die Meister zu. Bald wußte der eine
noch diesen der andere jenen Schwank von Eulenspiegel
zu erzählen. ,,Wißt ihr denn, wie er's in Wismar mit einem

Schuhmacher getrieben?" fragte einer. „Sagt der Meister eines Morgens, er soll Leder für Sohlen schneiden. ‚Ja, wie soll ich es denn schneiden?', meint der Schalk. ‚Groß und klein, wie es der Hirt zum Tor hinaustreibt', lacht der Meister und geht fort. Als er zurückkommt, ja, was sieht er? Lauter Ochsen, Schafe, Schweine, Gänse hat der Schelm aus dem Leder geschnitten, eben wie's der Hirt zum Tor hinaustreibt." So verkürzten sie sich lachend den Weg. Daß er ihnen selbst mit dem Rostocker Schneidertag einen Streich gespielt, hatten sie vergessen und vergeben.

Eulenspiegel und der Pferdehändler

Zu Wismar in Mecklenburg schlenderte Eulenspiegel eines Tages über den Pferdemarkt. Da sah er einen alten Bauern, der lief wütend hin und her. „Weshalb so ärgerlich an diesem schönen Morgen?" redete er ihn an. „Da soll man sich wohl ärgern", antwortete der Alte. „Seht ihr den Schimmel da? Der Pferdehändler hat ihn mir für fünf Gulden gestern abgeschwatzt. Er sei doch schon alt und beinahe blind und lahm, hat er gesagt. Jetzt aber bietet er ihn für zehn Gulden an. Hätte ich das brave Tier doch nur behalten." „Ei warte", tröstete ihn Till. „Für fünf Gulden bringe ich dir den Schimmel wieder."

Darauf ging er langsam an den Ständen vorüber, als ob er ein Pferd kaufen wolle. Vor dem Stand des Pferdehändlers machte er halt. „Was soll der Schimmel kosten?" fragte er. „Fünf Gulden will ich geben. Der Schinder ist ja uralt und kann nicht laufen." Da beteuerte der Händler, das Pferd sei jung und laufe wie ein Rennpferd. Unter zehn Gulden könne er es nicht abgeben. Eulenspiegel tat, als ob er überlege. „Schön", sagte er endlich, „aber ich habe nur fünf Gulden. Bist du einverstanden, daß ich dir fünf Gulden bezahle und die fünf anderen schuldig bleibe?" Der Händler, der Till für einen vornehmen Herrn hielt, willigte ein.

Ein paar Tage später lief der Pferdehändler ihm auf der Straße nach und rief: „Herr, wollt ihr mir die fünf Gulden

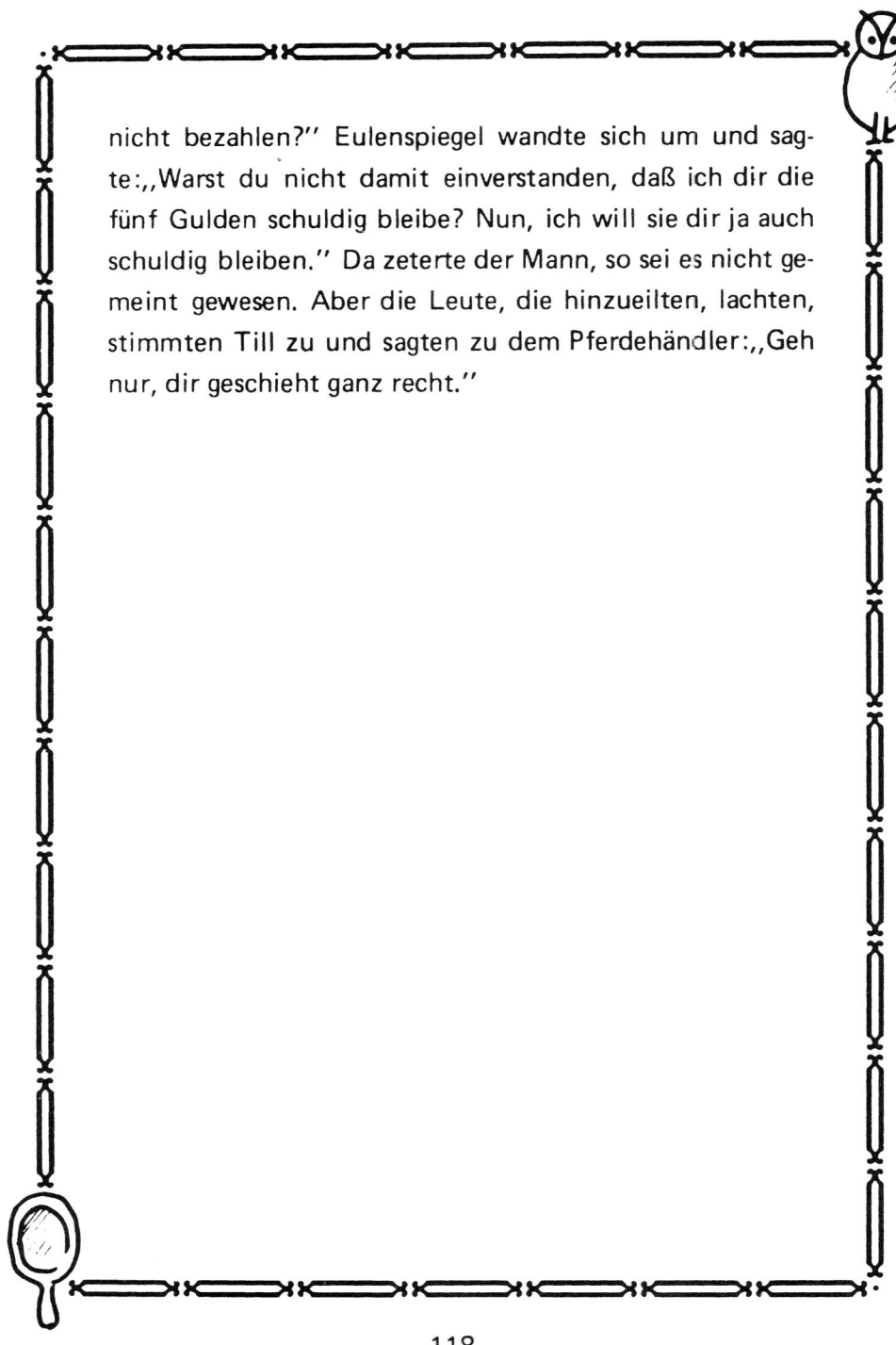

nicht bezahlen?" Eulenspiegel wandte sich um und sagte:,,Warst du nicht damit einverstanden, daß ich dir die fünf Gulden schuldig bleibe? Nun, ich will sie dir ja auch schuldig bleiben." Da zeterte der Mann, so sei es nicht gemeint gewesen. Aber die Leute, die hinzueilten, lachten, stimmten Till zu und sagten zu dem Pferdehändler:,,Geh nur, dir geschieht ganz recht."

Grün oder blau?

Von Wismar zog Eulenspiegel in das Lüneburger Land, wo ihm der Herzog den Aufenthalt wieder gestattet hatte. Als er in Ülzen ankam, war gerade Jahrmarkt, und viele Bauern hatten sich dort eingefunden. Nicht nur Lebensmittel und Leckereien, nein, auch Vieh, Schuhe, Hausgeräte und Tuch für Kleider gab es zu kaufen.

Ein Bauer fiel ihm auf, der ein Stück Tuch erhandeln wollte. Aber grün, schön grün müsse es sein. „Nimm das, Bauer", redete ihm der Händler zu und hielt einen Ballen ins Sonnenlicht. „Sieh, wie das leuchtet; grün, wie deine Wiese." Der Bauer handelte noch ein wenig, dann griff er langsam in die Tasche, zahlte und ging einem nahen Wirtshaus zu. Das Tuch trug er in beiden Händen, und immer wieder hielt er es in die Sonne.

Da erkundigte sich Eulenspiegel, aus welchem Dorf der Bauer sei. Dann suchte er zwei lustige Gesellen auf, die er gut kannte und die zu jedem Streich bereit waren, einen Zechbruder und einen Mönch. Denen sagte er, sie sollten sich auf dem Wege zum Dorf des Bauern im Gebüsch verstecken, und zwar ein paar hundert Meter auseinander, und warten, bis er komme. Dann sollten sie ihm entgegengehen. Was sie weiter zu tun hatten, werden wir gleich erfahren.

Als der Bauer, der dem Bier tüchtig zugesprochen hatte, am Abend nach Hause wankte, gesellte sich Eulenspiegel

zu ihm. ,,Na, gut eingekauft?'' sprach er ihn an. ,,O, wo habt ihr nur das schöne Tuch gekauft? Und die prächtige Farbe? So schön blau!'' ,,Blau? Selber blau!'' brummte der Bauer, denn er konnte blaues Tuch nicht leiden. ,,Das Tuch ist grün.'' Da lachte Till laut auf. ,,Zwanzig Gulden gebe ich dir auf der Stelle, wenn das Tuch nicht blau ist.'' Der Bauer aber beharrte:,,Es ist grün, und du sollst es haben, wenn es blau ist.'' Damit war Till einverstanden. ,,Der Nächste, der uns entgegenkommt, soll entscheiden.''

Da kam auch schon der Zechbruder heran. Der Bauer trat ihm in den Weg. ,,Guter Freund'', sagte er, ,,wir haben uns gestritten, ob dieses Tuch grün ist oder blau. Was du nun sagst, dabei wollen wir bleiben.'' Der Zechbruder hob das Tuch auf und sagte:,,Schönes blaues Tuch!''

„Was?" schrie der Bauer betroffen. Aber dann wurde er mißtrauisch:„Nein, ihr seid zwei Schälke. Ihr habt euch das wohl verabredet, um mich anzuführen."
Der Zechbruder tat, als ob er aufbrausen wolle. Aber Till beschwichtigte ihn:„Wer recht hat, wie ich, dem kommt es auf eine Probe mehr nicht an. Das Urteil dieses Mannes soll meinetwegen nicht gelten. Aber bei dem, was der fromme Priester sagt, den ich dort kommen sehe, mag es sein Bewenden haben, egal, wie es ausfallen mag."

Als der Mönch näher kam, zog der Bauer die Kappe und sprach ihn an:„Herr, entscheidet, welche Farbe hat dieses Tuch?" Der Mönch lächelte nur:„Freund, das könnt ihr doch wohl selbst sehen." „Gewiß, Herr", erwiderte der Bauer, „das ist wahr. Aber diese beiden wollen mich zu etwas überreden; von dem ich weiß, daß es gelogen ist."
Unwillig wandte der Mönch sich ab. „Ich bin ein Mann des Friedens. Was habe ich mit eurem Streit zu schaffen und was frage ich danach, ob es schwarz ist oder weiß?"
„Ach, lieber Herr", bat jedoch der Bauer, „entscheidet zwischen uns, ich bitt' euch." „Wenn ihr es denn durchaus wollt", sprach da der Mönch voll Würde, „so kann ich nicht anders entscheiden als: das Tuch ist blau."
Da rief der Bauer:„I, da soll doch gleich einer dreinschlagen! Hat der Kerl auf dem Markt mich wahrhaftig angeschmiert. Nein, ein blaues Tuch will ich gar nicht haben."
Damit warf er es auf die Erde und ging davon. Aus der

Ferne aber hörten ihn die drei noch schimpfen:,,Keinem kann man heute mehr trauen! Nicht einmal seinen eigenen Augen.''

Zum Fenster hinein

In Hamburg, wohin er nun wanderte, stand Eulenspiegel einmal auf dem Hopfenmarkt und schaute dem Treiben ringsum zu. Da ging ein Mann vorüber, dem man den Barbier von weitem ansah. „Woher kommst du?" fragte er Till. „Da aus der Straße", war die Antwort. „Was für ein Handwerk betreibst du?" fragte der Meister weiter. „Ich? Ich bin kurz gesagt Barbier." Da war der Meister froh, denn er suchte einen Gehilfen. „Ich nehme dich zum Gesellen", sagte er deshalb. „Siehst du da drüben die hohen Fenster? Da geh hinein. Ich komme gleich hinterher."

Die Frau des Barbiers saß gerade in der Barbierstube und spann. Plötzlich bekam sie einen Todesschrecken. Mit lautem Klirren flog eines der hohen Fenster in tausend Stücken in den Raum. Über die Scherben aber kletterte ein Mann hinein und rief:„Gott grüße das Handwerk!" Als die Frau sich von ihrem Schreck ein wenig erholt hatte, fuhr sie ihn an:„Führt dich der Teufel hier herein? Weshalb kommst du durchs Fenster? Ist dir das Tor nicht weit genug?"

Aber Till machte ein gekränktes Gesicht und sagte: „Liebe Frau, da dürft ihr mich nicht schelten. Euer Mann, der mich zum Gehilfen annahm, hat mir das so befohlen. Siehst du die hohen Fenster? Da geh' hinein, hat er gesagt." Da spottete die Frau:„Das nenne ich mal einen

guten Knecht! Fügt seinem Meister Schaden zu.'' Aber
Eulenspiegel wiederholte nur immer:,,Ein guter Geselle
tut das, was ihm sein Meister befiehlt.''

Narrensäen

„Nun, bist du einmal in Hamburg, sollst du dir auch das Meer ansehen", dachte Till, und schon am nächsten Tage machte er sich auf die Reise. Unterwegs rastete er in einer kleinen Stadt. Hier ging er durch die Straßen und in die Gasthäuser und lauschte, was die Bürger sich erzählten. Bald merkte er, daß sie einfältige Leute waren und voller Dummheit steckten.

Da sammelte er am Flußufer eine Menge kleiner Kieselsteine. Die tat er in einen Beutel, und hängte ihn sich vor die Brust, wie es die Bauern machen, wenn sie säen wollen. Dann schritt er langsam und feierlich auf dem Marktplatz hin und her, faßte von Zeit zu Zeit in seinen Beutel und warf Steinchen aus nach beiden Seiten, wie eine Saat. Natürlich dauerte es nicht lange, und Scharen von Neugierigen hatten sich um ihn versammelt. Alle sahen seinem Treiben mit Kopfschütteln oder mit offenem Munde zu. Auch ein paar fremde Kaufleute waren darunter. Endlich fragte einer von diesen, was er denn da mache. Till ließ sich durch die Frage nicht in seiner Arbeit stören. Kurz war seine Antwort:„Narren säe ich."

„Narren?" lachte da der Fremde. „Die darfst du hier nicht säen. Davon gibt's in dieser Stadt mehr als genug. Warum säst du hier nicht lieber einmal gescheite Leute?"

Eulenspiegel faßte wieder in den Beutel und warf seine Saat. Dann sagte er:„Gescheite Leute gehen hier nicht

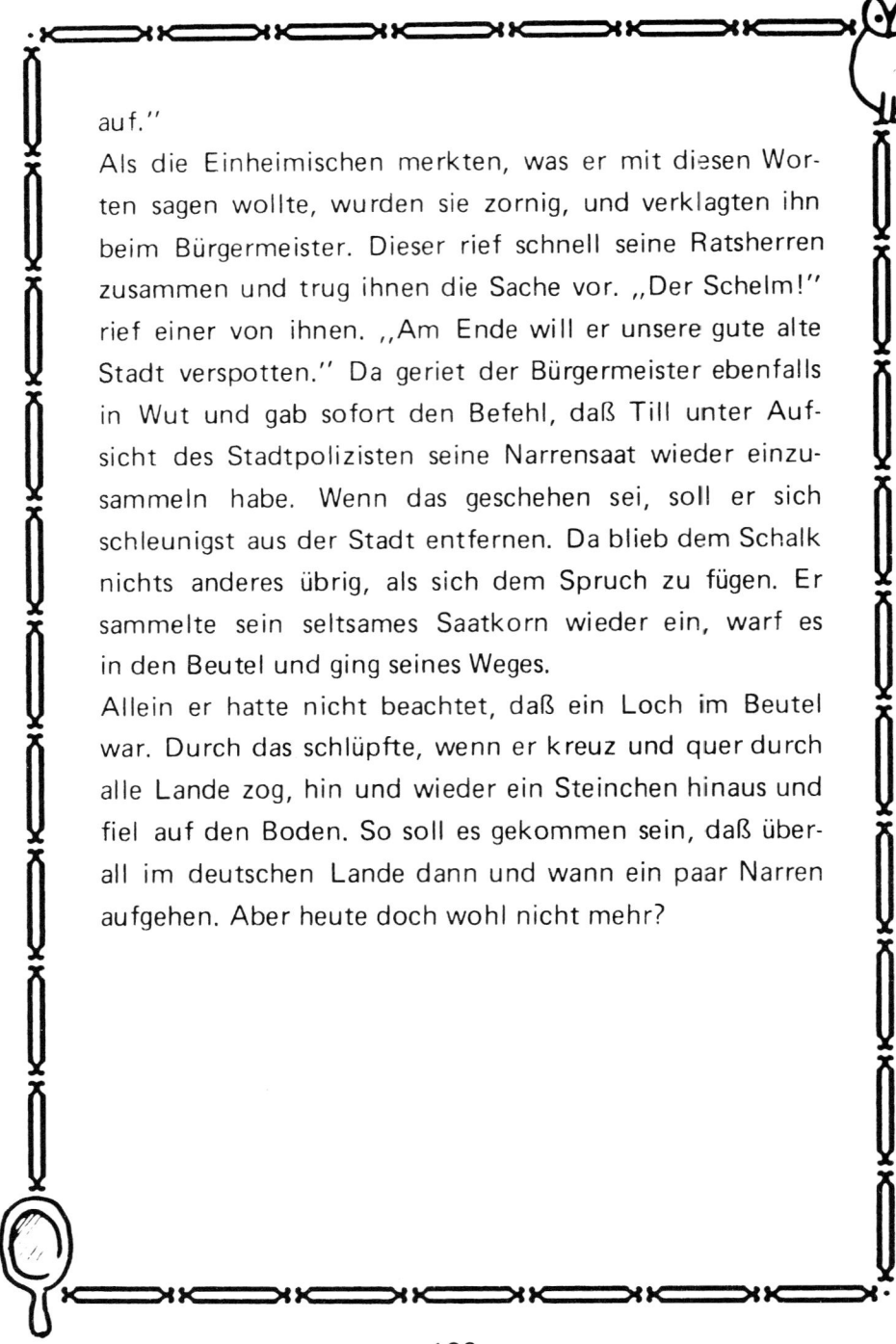

auf."

Als die Einheimischen merkten, was er mit diesen Worten sagen wollte, wurden sie zornig, und verklagten ihn beim Bürgermeister. Dieser rief schnell seine Ratsherren zusammen und trug ihnen die Sache vor. „Der Schelm!" rief einer von ihnen. „Am Ende will er unsere gute alte Stadt verspotten." Da geriet der Bürgermeister ebenfalls in Wut und gab sofort den Befehl, daß Till unter Aufsicht des Stadtpolizisten seine Narrensaat wieder einzusammeln habe. Wenn das geschehen sei, soll er sich schleunigst aus der Stadt entfernen. Da blieb dem Schalk nichts anderes übrig, als sich dem Spruch zu fügen. Er sammelte sein seltsames Saatkorn wieder ein, warf es in den Beutel und ging seines Weges.

Allein er hatte nicht beachtet, daß ein Loch im Beutel war. Durch das schlüpfte, wenn er kreuz und quer durch alle Lande zog, hin und wieder ein Steinchen hinaus und fiel auf den Boden. So soll es gekommen sein, daß überall im deutschen Lande dann und wann ein paar Narren aufgehen. Aber heute doch wohl nicht mehr?

Der Weinhändler in Lübeck

Als Eulenspiegel nach Lübeck kam, hörte er von einem Gastwirt und Weinhändler, der sehr hochmütig und stolz war.

„Mit mir kann sich keiner anlegen, ich möchte den sehen, der mich betrügt oder übervorteilt!" sagte der Wirt ständig, und die Bürger Lübecks ärgerten sich mächtig, daß ihm bislang noch keiner einen richtigen Schabernack gespielt hatte. Als nun Eulenspiegel alles erfuhr, sagte er: „Wollen wir doch einmal sehen, ob er wirklich so gescheit ist, wie er behauptet."

Die Gäste kamen von überall her, und einige hatten schon von Eulenspiegel gehört. Begeistert stimmten sie ihm zu. „Wenn es dir gelingt, Eulenspiegel, den hochnäsigen Weinzapfer anzuführen, so sollst du in unserer Stadt acht Tage freie Zeche haben." „Abgemacht, das gilt!" rief der Schalk erfreut.

Till Eulenspiegel ging zu einem Laden in der Nachbarschaft und kaufte sich zwei ganz gleich aussehende Krüge. Einen davon füllte er mit Wasser, schloß den Deckel und steckte dann beide in die weiten Taschen seines Mantels. Bald darauf war er wieder in der Wirtsstube, wo der Wirt allerdings schon von seiner Anwesenheit erfahren hatte. „Hör mal, du Schalksnarr, ich möchte gern mit dir anbinden!" begrüßte er Till. „So binde an!" sagte Till trocken und trat vor ihn. Seinen leeren Krug stellte er vor das

127

Weinfaß. „Füll mir doch den Krug mit deinem Wein." Der Wirt folgte dieser Aufforderung, Eulenspiegel klappte den Deckel des Kruges zu und steckte ihn in die Manteltasche. „Vielen Dank, auf Wiedersehen!" Damit wollte er gehen. „Halt, so nicht! Erst mußt du bezahlen!" rief der Wirt. „Ach ja, Verzeihung!" lächelte Eulenspiegel und gab dem Wirt eine Münze in die Hand und drehte sich zur Tür. „Oh nein, mich betrügt keiner!" rief der Wirt da und hielt Eulenspiegel fest. „Das ist kein Geld, sondern nur ein Stück Metall!" „Das tut mir aber leid, da muß ich vorhin auf dem Markt betrogen worden sein!" sagte Eulenspiegel und tat dabei ganz erschrocken. „Das glaube dir, wer will. Was ist nun? Kannst du zahlen?" „Leider nicht, das war mein letztes Geld!" sagte Eulenspiegel bekümmert.

„Dann her mit dem Wein, und dann dort hinaus, wo der Zimmermann das Loch gelassen hat!" sagte der Wirt und zeigte auf die Tür. Eulenspiegel zog den Weinkrug wieder heraus, stellte ihn auf den Tisch und verließ den Raum.

Nun rühmte sich der Wirt, wie er dem Eulenspiegel auf die Schliche gekommen wäre, und keiner ihn betrügen könne.

„Ich wette mit dir, daß dir Eulenspiegel doch einen Streich gespielt hat!" sagte da einer der Gäste. „Nun, die Wette gilt!" sagte der Wirt und Weinhändler vergnügt, denn er war seiner Sache sehr sicher. Sie vereinbarten eine Geldsumme, und dann sagte der Gast: „Probier einmal den Wein, den er da hat stehen gelassen!" Der verdutzte Wirt nahm den Krug, klappte den Deckel auf und nahm einen tiefen Schluck.

„Dieser Lump! Das ist ja Wasser!" rief er erbost und spuckte den Rest auf den Boden aus. Schallendes Gelächter seiner Gäste ärgerte ihn noch mehr — aber es war zu spät. Er hatte die Wette verloren und den Schaden noch obendrein, denn Eulenspiegel genoß den Wein und anschließend noch die acht Tage freie Zeche, die ihm die Gäste gern bezahlten. Das war es ihnen doch wert gewesen, den hochnäsigen Wirt einmal zu ärgern!

Bremer Streiche

Als Eulenspiegel Lübeck verließ, wanderte er zunächst nach Bremen. Da begegnete ihm unterwegs ein Fuhrmann, der auf der steinigen Landstraße ständig sein Pferd antrieb. Im Vorbeijagen rief er Till zu: „Kann ich wohl noch vor Abend die Stadt erreichen?" Bremen war nicht mehr weit entfernt, und deshalb antwortete Till: „Ja, wenn du langsam fährst!" „Verrückter Mensch", dachte der Fuhrmann, der Tills Antwort gar nicht richtig verstanden hatte.

Gegen Abend traf Till Eulenspiegel ihn auf der Landstraße wieder. Traurig saß er neben seinem Fuhrwerk, dessen Räder zerbrochen waren. Durch das schnelle Fahren auf der steinigen Landstraße war erst das eine Rad gebrochen, dann das Fuhrwerk umgestürzt und auch noch dabei das zweite Rad gebrochen. Der Fuhrmann hatte noch Glück, daß er nur einige Schrammen und blaue Flecken davontrug.

„Ich habe es dir doch gesagt," begrüßte ihn Till, „daß du langsam fahren mußt, wenn du Bremen noch vor Abend erreichen willst." Nach einem kräftigen Fußmarsch erreichte er dann bei Dunkelheit die Stadt.

Am anderen Morgen erschien er auf dem Marktplatz. Er beobachtete, wie viele Bauersfrauen ihre Milch anboten, und gleich kam ihm die Idee zu einem Streich.

Er besorgte sich ein großes, oben offenes Faß, stellte sich

damit auf den Markt und rief: ,,Milch! Ich kaufe Milch! Wer hat Milch zu verkaufen?''

Die Frauen hörten ihn schreien, und bald kam eine nach der anderen, lieferte ihre Milch in das große Faß ab und achtete darauf, daß Eulenspiegel genau in einem Buch vermerkte, wieviel Liter sie hineingefüllt hatte. Dann trat sie zur Seite, damit die nächste ihre Milch einfüllen konnte. Eine nach der anderen brachte ihre Milch und wartete dann brav auf die Bezahlung.

Schließlich war das Faß gefüllt, und Eulenspiegel hatte alle Milch gekauft, die es auf dem Markt gab. Nun sollte er bezahlen. Er griff in seine Tasche, wühlte eine Weile darin herum und zog sie dann heraus. Alle konnten das große Loch erkennen, das die Tasche hatte.

,,Es tut mir leid, aber heute kann ich euch nicht bezahlen, ich muß mein Geld verloren haben. Wenn ihr jedoch 14 Tage warten wollt, dann komme ich wieder nach Bremen und bezahle meine Schuld!'' Damit ging er fort und ließ die verdutzten Frauen neben dem Faß stehen.

Nun aber begann ein großes Geschrei. Jede ergriff ihr Gefäß und wollte als erste die Milch wieder aus dem Faß haben. Die eine rief, sie hätte drei Liter gegeben, eine andere sagte, es wären nur zwei gewesen, sie habe es genau gesehen. Ein Wort gab das andere, und im nächsten Augenblick war der schönste Streit ausgebrochen, eine schubste die andere vom Milchfaß weg, und die Milch verschwappte auf dem Markt, so daß es bald aussah, als hätte es Milch geregnet. Die Leute auf dem Markt blieben stehen und lachten über die Frauen, die sich um ihre Milch balgten, am meisten aber freute sich Eulenspiegel, der hinter einer Staßenecke hervorsah und alles beobachtete, was er angezettelt hatte.

Eulenspiegel und die Töpferfrau

Till Eulenspiegel war sehr gern in Bremen. Da wohnte damals ein Bischof, der ihn kannte und viel von ihm hielt. Eines Tages sagte dieser:,,Till, du kannst wirklich viel. Du kannst alle Leute zum Lachen bringen." Darüber ärgerte sich Eulenspiegel, weil man ihn immer nur für einen Spaßmacher ansah, und er erwiderte:,,O, ich kann noch mehr. Ich kann machen, daß die Leute alles tun, was ich will." Da staunte der Bischof und versprach ihm dreißig Gulden, wenn er ihm das einmal zeige.

Am anderen Morgen ging Till auf den Markt. Dort saß eine Töpferfrau, die ihre Ware anbot. ,,Frau", fragte er, ,,was willst du für alle deine Töpfe haben?" Die Frau wunderte sich sehr darüber, denn das hatte man sie noch nie gefragt. Dann forderte sie drei Gulden, und das war gut bezahlt. Sofort gab Eulenspiegel ihr die drei Gulden. Als sie aber die Töpfe zusammenpacken wollte, wehrte er ab und sprach:,,Nein, so war's nicht gemeint. Laß die Töpfe hier stehen und paß gut auf. In fünf Minuten werde ich dort auf der Laube des Rathauses stehen. Ich werde Gesichter schneiden und die Hände bewegen. Zuletzt hebe ich beide Arme hoch über den Kopf. Dann nimmst du den dicken Knüppel da und schlägst alle deine Töpfe in Stücke." Die Frau bekam einen Schreck. ,,Alle Töpfe in Stücke?" Aber Till bestand darauf und so willigte sie ein. ,,Ich habe meine Töpfe gut bezahlt bekommen", dachte sie, „aber der Kerl da muß verrückt sein."

Eulenspiegel lief darauf, als ob es Zufall sei, dem Bischof in den Weg und bat ihn, mit auf eine der Lauben des Rathauses zu kommen. Dort wolle er ihm seine Kunst beweisen. Lächelnd folgte der Bischof. Dann fragte er:„Nun, was willst du

134

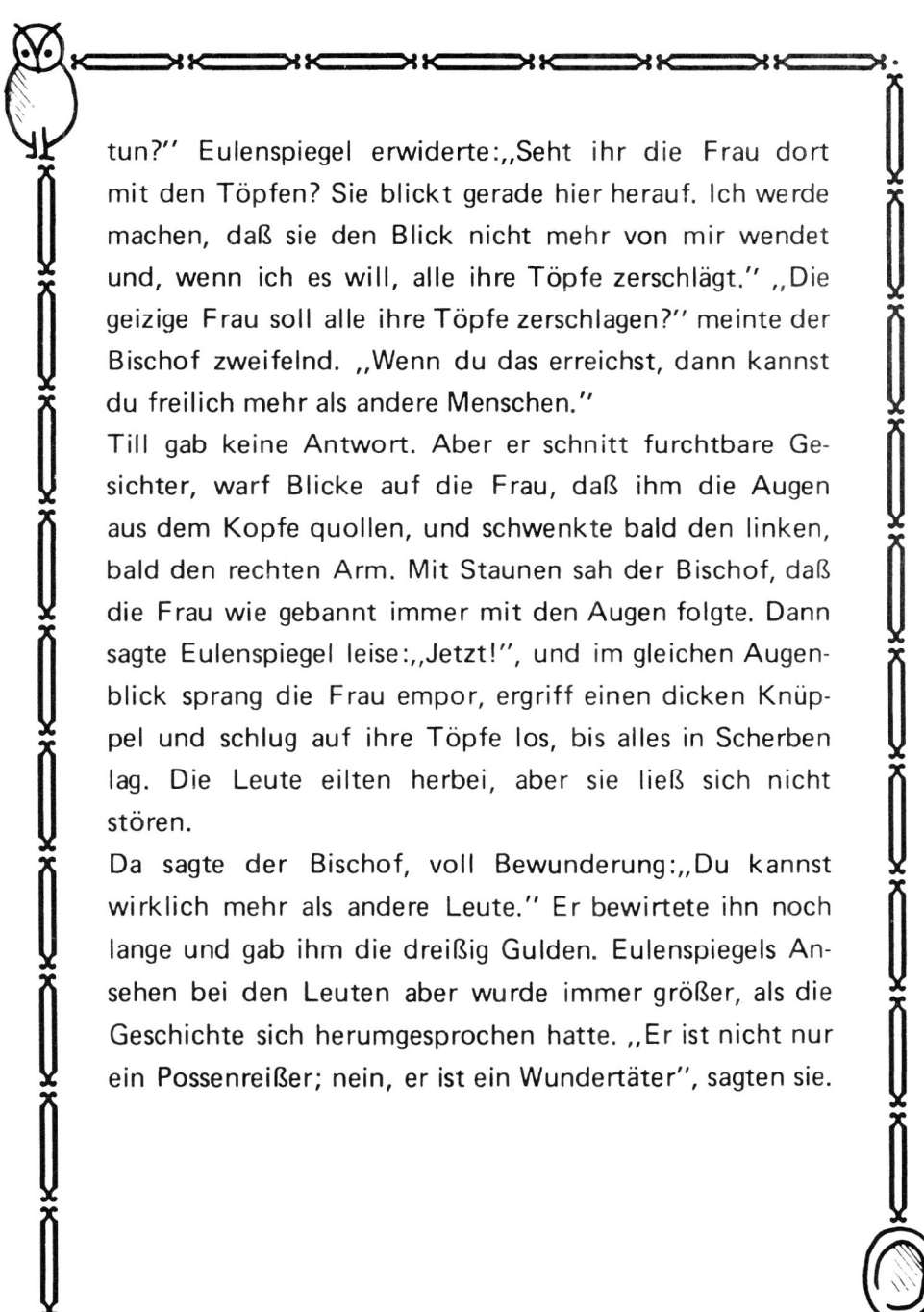

tun?'' Eulenspiegel erwiderte:,,Seht ihr die Frau dort mit den Töpfen? Sie blickt gerade hier herauf. Ich werde machen, daß sie den Blick nicht mehr von mir wendet und, wenn ich es will, alle ihre Töpfe zerschlägt.'' ,,Die geizige Frau soll alle ihre Töpfe zerschlagen?'' meinte der Bischof zweifelnd. ,,Wenn du das erreichst, dann kannst du freilich mehr als andere Menschen.''

Till gab keine Antwort. Aber er schnitt furchtbare Gesichter, warf Blicke auf die Frau, daß ihm die Augen aus dem Kopfe quollen, und schwenkte bald den linken, bald den rechten Arm. Mit Staunen sah der Bischof, daß die Frau wie gebannt immer mit den Augen folgte. Dann sagte Eulenspiegel leise:,,Jetzt!'', und im gleichen Augenblick sprang die Frau empor, ergriff einen dicken Knüppel und schlug auf ihre Töpfe los, bis alles in Scherben lag. Die Leute eilten herbei, aber sie ließ sich nicht stören.

Da sagte der Bischof, voll Bewunderung:,,Du kannst wirklich mehr als andere Leute.'' Er bewirtete ihn noch lange und gab ihm die dreißig Gulden. Eulenspiegels Ansehen bei den Leuten aber wurde immer größer, als die Geschichte sich herumgesprochen hatte. ,,Er ist nicht nur ein Possenreißer; nein, er ist ein Wundertäter'', sagten sie.

Eulenspiegel siedet Leder

Als sich Eulenspiegel wieder einmal in Braunschweig während der Winterzeit aufhielt, nahm er Arbeit bei einem Gerber an. Zunächst arbeitete er gut und war fleißig, und nach acht Tagen wollte der Meister zu einem Fest gehen. Eulenspiegel sollte das Leder in der Zwischenzeit allein zubereiten.

„Was für Holz soll ich zum Sieden nehmen?" erkundigte er sich bei seinem Meister. Unfreundlich antwortete der ihm: „Was gibt es da zu fragen? Hätte ich im Vorratshaus kein Holz, so wären noch genug Stühle und Bänke im Hause, mit denen du das Leder gar sieden könntest." Damit meinte er natürlich, daß soviel Holz im Schuppen war, daß Till es gar nicht aufbrauchen konnte. Bald darauf verließ er sein Haus und ging zu dem Fest.

Eulenspiegel ergriff inzwischen alle Stühle und Bänke, die er im Hause vorfand, zerschlug sie mit einer Axt und legte das Holz unter den großen Kessel. Dann kochte er das Leder bis es ganz weich wurde, nahm es mit einer großen Stange aus dem Kessel und legte es auf einen Haufen zum Trocknen. Das Leder war dadurch natürlich verdorben, es hatte viel zu lange gekocht und klebte jetzt zusammen. Wohl ahnend, was ihn erwarten würde, schnürte Till dann sein Bündel zusammen und verließ den Gerber.

Als der von seiner Feier zurückkam, dachte er an nichts Böses und sah gar nicht in die Werkstatt, sondern legte

sich gleich ins Bett. Als er am anderen Morgen ins Gerbhaus kam, fand er weder Stühle noch Bänke vor, und das
Leder lag neben dem Kessel.

Er schimpfte noch über den ungeschickten Gesellen, als
seine Frau in das Gerbhaus kam und den Schaden sah.
,,Das kann nur Eulenspiegel gewesen sein!'' sagte sie. ,,Ich
habe doch gestern gehört, was du zu ihm gesagt hast. Du
weißt, der Schalk nimmt alles wörtlich, was man ihm auf-
trägt, und vor einiger Zeit hat er doch einem Schuster am
Kohlmarkt auch einen Streich gespielt!'' ,,Ja, wir hätten
besser aufpassen müssen. Jetzt kommt er mir auch bekannt vor — aber zu spät, er ist natürlich längst über alle
Berge.''

Eulenspiegel beim Schmied in Rüningen

Till Eulenspiegel hatte gerade Braunschweig verlassen und kam bei seiner Wanderung durch das Dorf Rüningen, vor den Toren Braunschweigs. Da er in Braunschweig nicht sehr viel Geld mit seiner Arbeit verdient hatte, hörte er sich um, ob nicht jemand einen tüchtigen Gesellen gebrauchen konnte.

Nur der Schmied des Ortes hatte Arbeit, und Eulenspiegel nahm deshalb eine Stelle als Geselle bei ihm an. Aber diese Arbeit machte ihm wenig Spaß, und nur der Hunger und das kalte Wetter trieben ihn dazu. Auch der Schmied wollte ihn nicht gern aufnehmen, denn die Zeiten waren schwer, und ein Geselle mehr bedeutete auch einen Esser mehr. Aber der Schmied dachte, wenn er die verschiedenen Arbeiten in den nächsten Tagen fertigbekommen wollte, konnte er Eulenspiegel schon gut gebrauchen — und in acht Tagen würde er ihn auch nicht arm essen.

Eulenspiegel bemerkte, wie der Schmied noch zögerte, und sagte deshalb: „Meister, wenn ihr mich anstellen wollt, will ich auch essen, was sonst niemand essen will."

Der Schmied stimmte zu, und Eulenspiegel mußte gleich schwer arbeiten. Das ging so bis zur Mittagsstunde, und unser Till war ordentlich ausgehungert. Als sich alle um den Tisch setzen wollten, nahm der Schmied Eulenspiegel mit in den Hof, zeigte ihm den Schweinestall und sagte: „Du wolltest ja essen, was sonst keiner essen mag.

Hier, was die Schweine bekommen, mag sonst keiner essen." Damit drehte er sich um und ging ins Haus zurück. Eulenspiegel antwortete nichts und dachte: „Da hast du dich verrechnet. So oft hast du schon Leuten einen Streich gespielt, weil du getan hast, was sie dir gesagt haben. Nun ja, Schmied, aber das wollen wir dir doch heimzahlen."

Till Eulenspiegel arbeitete jetzt bis zum Abend weiter. Da gab ihm der Schmied endlich etwas zu essen, denn Till hatte ja den ganzen Tag gefastet, und dem Schmied tat es doch leid, daß er ihn zum Schweinestall gebracht hatte. Als sich Eulenspiegel ins Bett legen wollte, sagte der Meister zu ihm: „Steh morgen früh auf. Die Magd soll den Blasebalg bedienen und du, schmiede eins für das andere, was du hast, und haue Hufnägel ab, so lange bis ich aufstehe!"

Früh schon stand Eulenspiegel auf und ging in die Schmiede, machte ein großes Feuer und begann zu schmieden. Aber wie er schmiedete! Zuerst nahm er die Zange und schmiedete sie zusammen, dann zwei Hämmer am Kopf, schließlich noch alle anderen Werkzeuge, die er erreichen konnte. „Eins für das andere", hatte der Schmied gesagt, „was du hast", und das tat Eulenspiegel auch. Zum Schluß nahm er die fertigen Hufnägel und schlug ihnen die Köpfe ab.

Als er hörte, daß der Schmied aufstand, band er sich die Lederschürze ab, nahm sein schon bereitstehendes Bündel

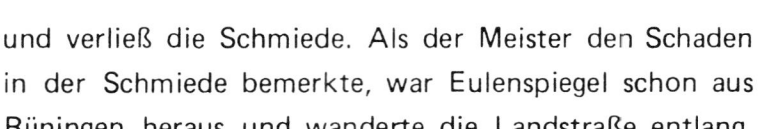

und verließ die Schmiede. Als der Meister den Schaden in der Schmiede bemerkte, war Eulenspiegel schon aus Rüningen heraus und wanderte die Landstraße entlang.

Till als Koch

Die nächste Stadt, die Eulenspiegel erreichte, war Goslar. Gewitzt durch seine schlechten Erfahrungen mit dem Schmied wollte er jetzt sehen, daß er eine bessere Stellung fand.

Schon am Ortseingang traf Eulenspiegel auf einen Kaufmann, der gerade sein Haus betreten wollte. Er grüßte ihn höflich und erkundigte sich, wo man wohl im Ort Arbeit finden könnte. „Was für ein Handwerk hast du denn gelernt?" erkundigte sich der Kaufmann. „Ich bin Küchenbursche," antwortete Eulenspiegel rasch. „Das trifft sich ja gut. Ich habe in der nächsten Zeit ein Fest, da kommst du mir gerade recht. Wenn du wacker arbeitest, will ich dich aufnehmen und dir neue Kleider und gute Bezahlung geben. Du mußt nämlich wissen," fügte er vertraulich hinzu, „ich habe eine Frau, die zankt ständig über das Kochen, und ich hoffe, daß sie sich über die Unterstützung freut."

Eulenspiegel willigte gern ein, denn ein Platz in der warmen Küche war zu dieser Zeit nicht zu verachten.

In der Küche gab ihm der Kaufmann Kräuter, damit er die Hühner füllen konnte, die es zum Fest geben sollte. Da trat die Frau des Kaufmanns in die Küche, sah Till Eulenspiegel in seinem bunten Aufzug mißtrauisch an und fragte ihren Mann: „Wer ist das, und was soll er hier?" „Nur keine Sorge, liebe Frau, das ist ein Koch und soll deine Hilfe für das Fest sein." „Na, der wird schon etwas zusammenkochen!" sagte die Frau und sah Eulenspiegel verächtlich an. Der ärgerte sich über das Verhalten der Kaufmannsfrau und wußte, daß er hier nicht lange bleiben würde.

„Komm, nimm den Korb und laß uns zum Metzger gehen. Wir wollen auch einen prächtigen Braten auftischen!" sagte der Kaufmann zu Till, und gemeinsam zogen sie los.

Wieder daheim, gab der Kaufmann Till Anweisungen. „Morgen setzt du den Braten bald an und läßt ihn kühl und langsam anbraten, daß er nicht anbrennt, das andere Fleisch setz auch rechtzeitig dazu, daß es zum Imbiß gesotten ist, und die Hühner füllst du mit Kräutern."

Eulenspiegel sagte, daß er alles verstanden hätte und stand am anderen Morgen früh auf. Er setzte das Essen ans Feuer, den Braten aber steckte er an einen Spieß und ging damit in den Keller. Dort legte er ihn zwischen zwei Fässer Einbecker Bier, damit er kühl lag und nicht verbrennen konnte.

Kurz bevor die ersten Gäste eintrafen, ging der Kaufmann in die Küche, um nach dem neuen Küchenburschen zu sehen. Seine Frau hatte den ganzen Vormittag genutzt und sich geputzt und für das Fest vorbereitet — in der Küche war sie aber nicht einmal.

„Na, Till, wie weit ist es mit dem Essen?" erkundigte sich der Kaufmann. „Es ist alles fertig, bis auf den Braten."

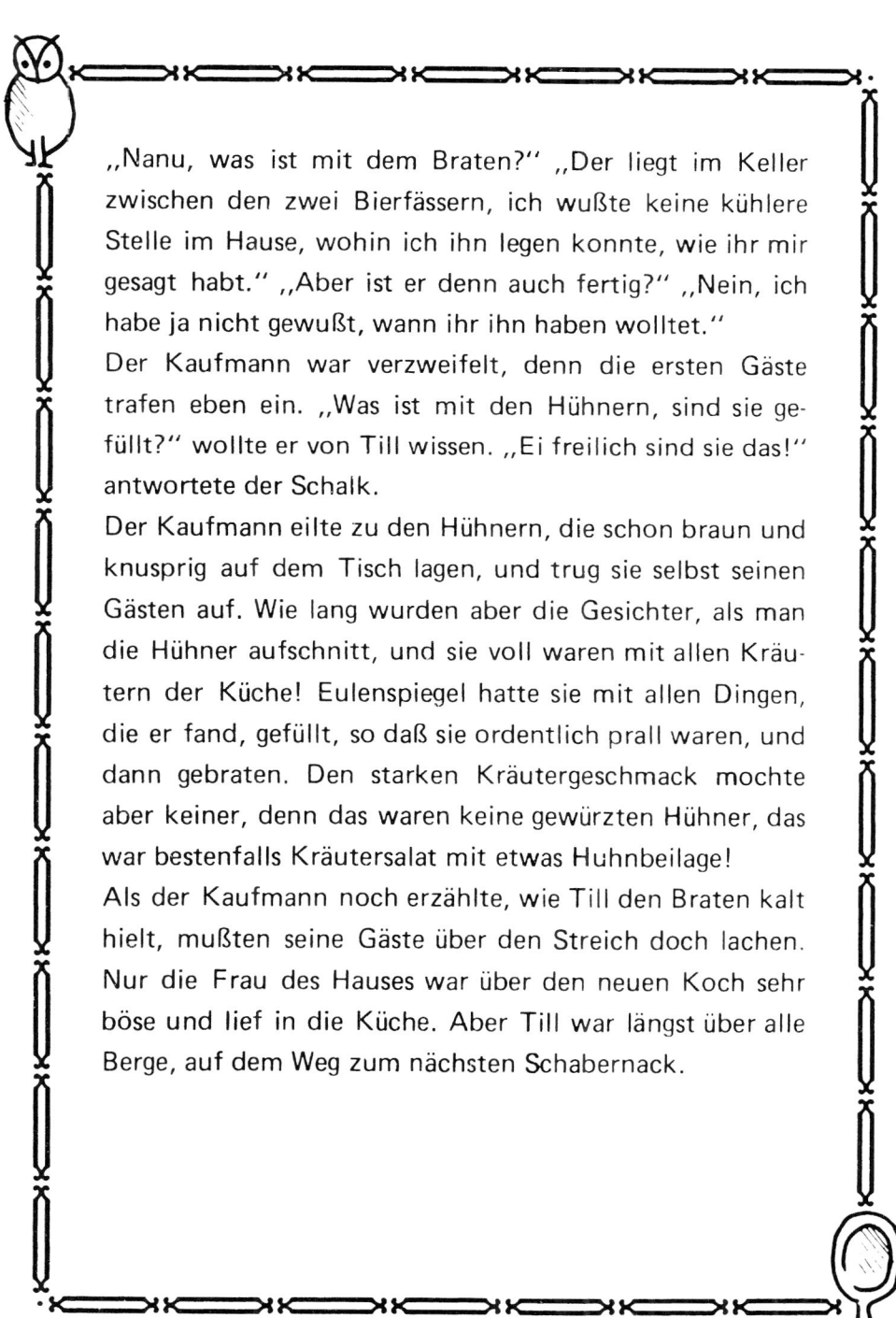

„Nanu, was ist mit dem Braten?" „Der liegt im Keller zwischen den zwei Bierfässern, ich wußte keine kühlere Stelle im Hause, wohin ich ihn legen konnte, wie ihr mir gesagt habt." „Aber ist er denn auch fertig?" „Nein, ich habe ja nicht gewußt, wann ihr ihn haben wolltet."

Der Kaufmann war verzweifelt, denn die ersten Gäste trafen eben ein. „Was ist mit den Hühnern, sind sie gefüllt?" wollte er von Till wissen. „Ei freilich sind sie das!" antwortete der Schalk.

Der Kaufmann eilte zu den Hühnern, die schon braun und knusprig auf dem Tisch lagen, und trug sie selbst seinen Gästen auf. Wie lang wurden aber die Gesichter, als man die Hühner aufschnitt, und sie voll waren mit allen Kräutern der Küche! Eulenspiegel hatte sie mit allen Dingen, die er fand, gefüllt, so daß sie ordentlich prall waren, und dann gebraten. Den starken Kräutergeschmack mochte aber keiner, denn das waren keine gewürzten Hühner, das war bestenfalls Kräutersalat mit etwas Huhnbeilage!

Als der Kaufmann noch erzählte, wie Till den Braten kalt hielt, mußten seine Gäste über den Streich doch lachen. Nur die Frau des Hauses war über den neuen Koch sehr böse und lief in die Küche. Aber Till war längst über alle Berge, auf dem Weg zum nächsten Schabernack.

Die sonderbaren Ahnenbilder

Ganz Deutschland hatte Till nun schon durchwandert, und in Niedersachsen kannte er beinahe jedes Dorf und jede Gasse. ,,Abwechslung muß sein!'' sagte er daher, als er die Gulden des Bremer Bischofs schmunzelnd noch einmal zählte, und er faßte den Entschluß, sich auch einmal in den Nachbarländern umzusehen. Ins Land der Flamen, nach Gent, nach Brügge, nach Antwerpen, wollte er reisen. Langes Überlegen war niemals seine Sache. Schon am nächsten Morgen ergriff er seinen Wanderstab, und mit leichtem Gepäck zog er fröhlich seine Straße.

Über Amsterdam gelangte er nach Flandern. Hier gefiel es ihm prächtig. Die lustigen Flamen, die gern gut essen und gut trinken und den Kopf nicht hängen lassen, ja, das waren Leute, wie er sie sich wünschte. Aber er, der stets witzige und gutgelaunte Schalk, war bei dem fröhlichen Völkchen gleichfalls bald beliebt. Sie haben ihn auch später, als er längst weitergewandert war, nie vergessen. Noch heute erzählen und schreiben sie von ihm, und auch ein Denkmal haben sie ihm errichtet. Sie haben sogar behauptet, er sei einer der Ihren und in ihrem Land geboren. Das ist nun freilich ein Irrtum. Wir wissen ja, daß er aus Kneitlingen im Lande Braunschweig stammt.

Flandern war schon damals das Land der guten Maler. Mit denen freundete er sich an. Gern sah er ihnen bei der Arbeit zu. Seine Malerfreunde schenkten ihm Pinsel, Pa-

144

lette und alles andere Malgerät und hätten ihn gern im Malen unterwiesen. Er lernte es jedoch nicht, zumal angestrengte Arbeit nicht nach seinem Sinne war. Es half ihm auch nichts, daß er sich Malerkleidung anzog.

Mehr als ein paar Monate hielt er es nun aber an keinem Orte aus. Dann zuckte es ihm in den Beinen, und es trieb ihn wieder auf die Landstraße. Seine Freunde hatten ihm viel von Italien erzählt, wo sie bei hervorragenden Meistern der Malkunst vorgesprochen hatten. Besonders rühmten sie die große und schöne Stadt Rom, die früher einmal die Hauptstadt des römischen Reiches war. ,,Im Norden bin ich lange genug gewesen", meinte Till dazu. ,,Jetzt soll einmal der Süden an die Reihe kommen. Die Stadt Rom will ich auch gesehen haben." Wieder führte er schnell aus, was er sich vorgenommen hatte.

Aber der Weg nach Rom ist weit, und unterwegs ging ihm das Geld aus. Bis Marburg war er gekommen, wo der Landgraf von Hessen auf seinem stolzen Schlosse wohnte. Nun war er, wie uns ja bekannt ist, mit großen Herren immer gut gefahren. Deswegen ließ er den Landgrafen um eine Unterredung bitten, und sie wurde ihm gewährt. Der Fürst empfing ihn freundlich und fragte:,,Was für ein Handwerk betreibst du?" Da wies Till auf seine Tracht und auf sein Malgerät und sagte voll Stolz:,,Ein Handwerk, hoher Herr? Ich bin ein Maler! Seht ihr's nicht? Ich komme aus Flandern und ziehe nach Italien, um dort die Kunst zu grüßen."

Da fragte der Landgraf weiter:,,Hast du nicht eine Probe deiner Kunst zur Hand?" Sofort griff Eulenspiegel in seinen Reisesack und holte ein paar Bildchen hervor, die einer seiner Malerfreunde ihm als Geschenk mit auf den Weg gegeben hatte. Der Landgraf betrachtete sie lange und rief dann voll Freude:,,Du kommst mir wie gerufen! Den Rittersaal hier nebenan will ich ausmalen lassen, und zwar mit den Bildern meiner Ahnen. Wir Landgrafen von Hessen sind nämlich mit den Königen von Ungarn und Böhmen, mit den Herzögen von Österreich, mit den Grafen von Burgund und vielen anderen berühmten Fürstenhäusern nahe verwandt. Die Maler, die ich bisher mit dieser Aufgabe betraute, waren Stümper. Du aber, das sehe ich, bist ein Meister. Sag, was für einen Lohn du verlangst."

,,Nun", dachte Till, ,,wenn du schon ein Meister bist, sollst du auch Meisterlohn verlangen. Eine solche Gelegenheit kommt so bald nicht wieder." So forderte er 400 Gulden, und zwar mit einer Miene, als ob das seine übliche Bezahlung sei. ,,Das ist eine hohe Summe", meinte der Fürst bedenklich. ,,Doch da du gute Arbeit dafür leisten wirst, sei sie bewilligt. Geh nur schnell ans Werk!"

,,Aber wovon soll ich Farben kaufen!" unterbrach ihn Eulenspiegel. Da gab der Landgraf seinem Schatzmeister Anweisung, dem fremden Maler Vorschuß auszuzahlen, und zwar 100 Gulden auf der Stelle.

Nun hatte der Schalk wieder gute Tage. Mit leckeren

Speisen und einigen Flaschen edlen Wein im Korbe begab er sich jeden Morgen in den Saal. Hier schloß er sich mit ein paar alten Wanderfreunden ein, die er zufällig in Marburg wieder getroffen hatte und nun für seine Gehilfen ausgab. Sie spielten Schach und Mühle und zechten bis zum Abend. Dabei wurde auch nicht ein einziger Pinselstrich getan, denn niemand von ihnen konnte malen. Deswegen ließ er auch keinen Menschen in den Saal. Er könne es nun einmal nicht leiden, pflegte er zu sagen, wenn man seine Gemälde anschaue, ehe sie vollendet seien.

Nach vielen Wochen fragte der Landgraf an, wann die Gemälde endlich fertig seien. Till vertröstete ihn. Noch ein paar Tage, dann werde er sie ihm zeigen. Er wußte nämlich, daß der Landgraf am nächsten Morgen eine längere Reise antreten mußte. Doch der Fürst befahl seinen adligen Hofleuten, an seiner Stelle die Bilder anzusehen und genau zu prüfen. Das war eine schlimme Sache. Aber Till wußte sich zu helfen. Bevor die Hofleute einige Tage danach den Saal betraten, versammelte er sie um sich und sagte in feierlichem Ton:,,Ich halte es für angebracht, euch auf einen Umstand aufmerksam zu machen. Wenn ich erlauchte Fürstlichkeiten male, geht es mit den Bildern sonderbar zu. Für gemeine Augen sind sie unsichtbar; die sehen nichts als eine weiße Wand. Nur wer von echtem Adel ist, kann sie schauen. Wenn also einer von euch jetzt kein Bild erblickt, so wundere er sich nicht.

Es hat sich dann eben herausgestellt, daß er nicht von echtem alten Adel ist."

Damit wandte er sich um und ging in den Saal. Hier begann er zu erklären, obwohl die Wand so weiß war wie zuvor:,,An dieser Stelle, ihr Herren, seht ihr den ersten Landgrafen von Hessen. Er war ein Columneser aus Rom und hatte eine Tochter des weisen Justinian zur Frau, der Herzog von Bayern und hinterher Kaiser von Rom war. Ihr könnt sie auf dem Bilde neben ihm bewundern. Dann kommt ein Gemälde, das den Landgrafen Adolfus darstellt. Darauf folgen seine Nachkommen und deren Frauen. Hier Wilhelm der Schwarzbärtige, dann sein Sohn Ludwig der Blaubärtige und dahinter sein Enkel Dagobert der Unbärtige. Beachtet neben ihm das Bild seiner Gemahlin Elsa von Brabant."

Mit solchem Unsinn erklärte er die Bilder, die gar nicht vorhanden waren, der Reihe nach weiter. Die Hofleute aber nickten zustimmend, sahen sich begeistert an und riefen einmal über das andere:,,Herrlich! Diese edlen Züge! Man beachte die leuchtenden Farben! Wiederum ein Meisterwerk!" Dabei sahen sie nichts als eine weiße Wand. Aber keiner wollte in den Verdacht kommen, daß er am Ende nicht von echtem alten Adel sei. Keiner wollte als gemeiner Mann gelten, dessen Augen erlauchte Fürstlichkeiten nicht zu sehen vermögen.

Alle sprachen begeistert von den prächtigen Bildern. Das machte die Hofdamen der Landgräfin neugierig. Sie wollten die Gemälde auch einmal betrachten. Eulenspiegel sagte ihnen zuvor genau das gleiche, und wieder taten alle, als sähen sie die Bilder wirklich. Zu Tills Pech war aber auch ein ganz junges Hoffräulein dabei, das als ein einfaches, schlichtes Mädchen angesehen wurde. Dieses ehrliche Mädchen rief, während die anderen die Gemälde lobten, plötzlich aus:,,Meister Maler, ich sehe nur eine weiße Wand und nichts von Ahnenbildern. Das muß ich euch ganz offen sagen, und soll ich auch mein Leben lang nicht von echtem Adel sein.''

Da schämten sich die anderen Damen und bekannten, daß sie ebenfalls nichts sahen. Empört eilten alle zur Landgräfin und erzählten ihr, was sie im Rittersaal gesehen oder eigentlich nicht gesehen hatten. Die Fürstin ging heimlich in den Saal und überzeugte sich davon, daß der Fremde sie beschwindelt hatte. Sie hieß ihre Hofdamen schweigen und berichtete alles ihrem Gatten, als der von der Reise heimkam.

Der Landgraf geriet in maßlosen Zorn. Er ließ den falschen Maler kommen und fuhr ihn an:,,Du bist gar kein Künstler! Du bist ein Betrüger! Fort mit dir frechen Schurken an den Galgen.'' Die Kriegsknechte, die dem herrlichen Leben des Fremden immer mit Neid zugesehen hatten, griffen freudig zu und schleppten ihn davon. Da gelang es ihm, noch einmal den Kopf zu wenden, und er rief:,,Gnädiger Herr, ich bin doch ein Künstler! Ich bin aller Narrheit und Schalkheit größter Meister! Ich bin Eu-

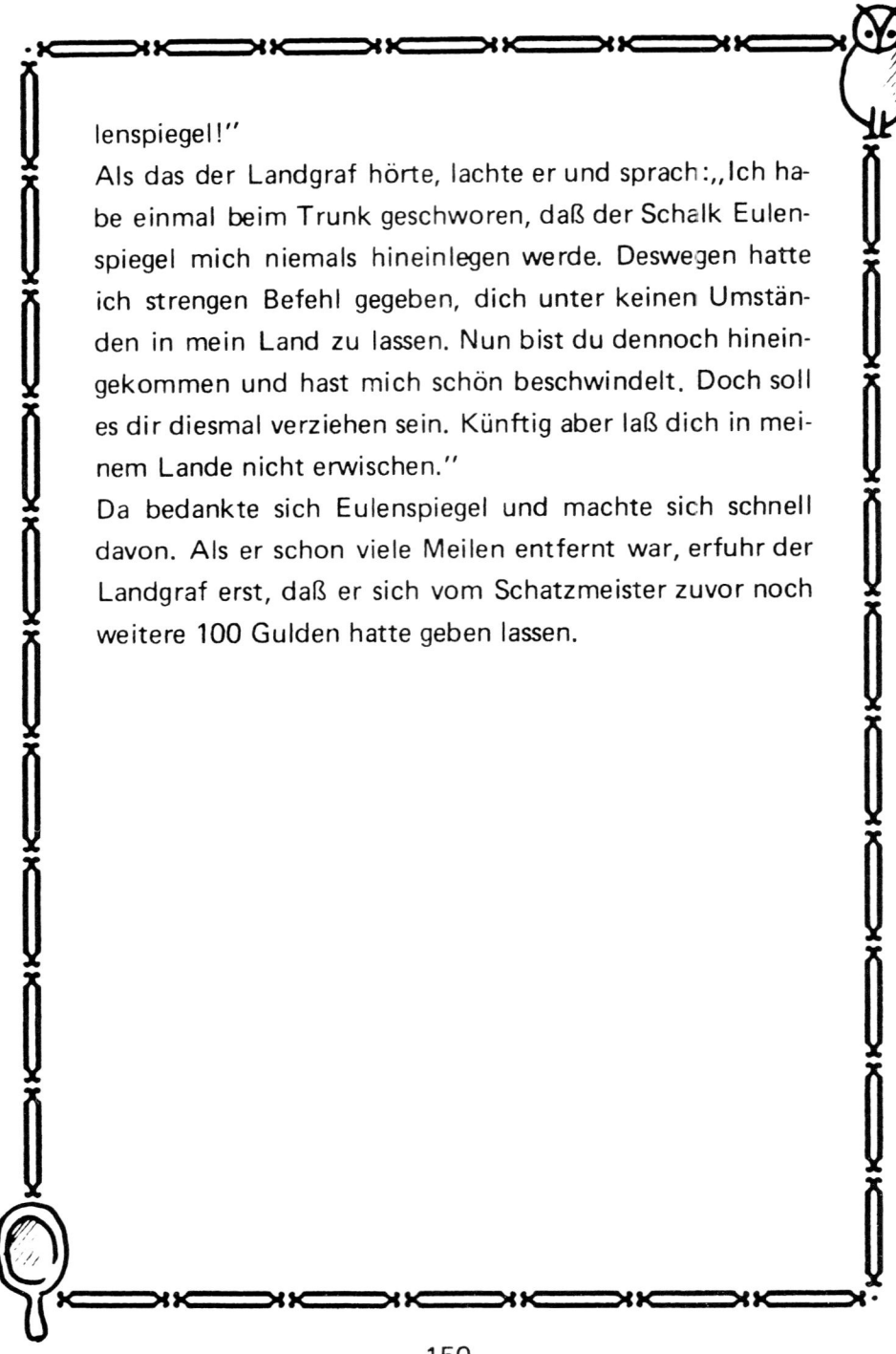

lenspiegel!"

Als das der Landgraf hörte, lachte er und sprach:,,Ich habe einmal beim Trunk geschworen, daß der Schalk Eulenspiegel mich niemals hineinlegen werde. Deswegen hatte ich strengen Befehl gegeben, dich unter keinen Umständen in mein Land zu lassen. Nun bist du dennoch hineingekommen und hast mich schön beschwindelt. Doch soll es dir diesmal verziehen sein. Künftig aber laß dich in meinem Lande nicht erwischen."

Da bedankte sich Eulenspiegel und machte sich schnell davon. Als er schon viele Meilen entfernt war, erfuhr der Landgraf erst, daß er sich vom Schatzmeister zuvor noch weitere 100 Gulden hatte geben lassen.

Eulenspiegels Romfahrt

So hatte sich der Schelm mit Reisegeld gut ausgestattet.
Er lebte großzügig und reiste wie ein großer Herr. In Rom
nahm er bei einer Witwe Wohnung. Die Stadt gefiel ihm
so sehr, daß er viele Wochen dort blieb. Fröhlich bum-
melte er durch die Straßen. Abends aber lebte er herrlich und in Freuden und trank den besten Chiantiwein.
So konnte es nicht ausbleiben, daß seine Gulden immer
mehr zusammenschmolzen. Betrübt zählte er sie eines
Tages und fand, daß er nicht einmal damit nach Deutschland kommen könne. ,,Nun, Till", sprach er zu sich
selbst, ,,du wirst an die Abreise denken müssen. Aber
soll es dir so gehen wie den Dummköpfen, von denen
man sagt, sie sind in Rom gewesen und haben den Papst
nicht gesehen? Nein, den Papst mußt du zuvor noch sehen. Aber wie denn, nur sehen? Das kann ein jeder. Du
mußt ihn auch sprechen."
Zu Hause erzählte er seiner Wirtin, daß er bald abreisen,
vorher jedoch noch einmal mit dem Papst sprechen wolle. Die Frau lachte ihn nur aus und sagte:,,Freund, sehen
mögt ihr ihn wohl einmal! Aber mit ihm sprechen? Nein,
das glaube ich niemals. Ich selbst bin doch in Rom geboren und erzogen und gehöre einem der vornehmsten
Stadtgeschlechter an. Aber mit dem Papst habe ich noch
niemals gesprochen, so sehr ich es mir auch immer wünsche."

„Halt", dachte Till, „hier bietet sich eine Gelegenheit, das Geld für die Heimreise schnell und einfach zu verdienen."

„Liebe Frau Wirtin", sagte er mit überlegener Miene, „wenn ich euch nun mit dem Papst zusammenbrächte, so daß ihr mit ihm reden könntet, was würdet ihr mir dafür geben? Bedenkt freilich, daß sich so etwas nicht billig machen läßt."

Die Wirtin überlegte nicht lange. „Wenn ihr das fertig bekommt", sagte sie lachend, „sind mir 100 Dukaten nicht zuviel." Innerlich aber dachte sie: „Wir sind noch nicht beim Papst, und du, Freundchen, wirst auf die 100 Dukaten lange warten müssen. Wie solltest du auch als unbekannter Fremder erreichen, was selbst den vornehmsten Herren in Rom oft nicht gelingt?" Till aber schlenderte durch die Straßen und zerbrach sich den Kopf, wie er sein Versprechen erfüllen könne. Denn 100 Dukaten waren eine große Summe. Plötzlich lachte er laut auf, so daß die Vorübergehenden verwundert stehen blieben. Er hatte einen Weg gefunden.

Er wußte nämlich, daß der Papst alle vier Wochen einmal in einer der vielen Kirchen Roms Gottesdienst zu halten hatte. Frühzeitig ging er nun in diese Kirche und stellte sich in den Gang dicht vor dem Altar. Als der Papst mit einem großen Gefolge von Priestern hereinkam, fielen alle Kirchenbesucher vor ihm auf die Knie. Till aber drehte ihm den Rücken zu, und in dieser Haltung blieb er auch stehen, als der Gottesdienst begann. Jedesmal, wenn die anderen Kirchgänger sich verneigten, machte auch er eine tiefe Verbeugung, jedoch nach der verkehrten Seite, und weit streckte er sein Hinterteil heraus dem Papste zu.

Das sah so komisch aus, daß mancher sich das Lachen kaum verbeißen konnte. Auch den Priestern in der Begleitung des Papstes fiel es auf, und sie gerieten in nicht geringen Zorn. Als der Gottesdienst beendigt war, berichteten sie dem Papst, wie ein Fremder, ein stattlicher Mann mit blauen Augen und blondem Haar, ihn verspottet habe und daß man ihn bestrafen müsse. Der Papst erwiderte gütig: ,,Nun, vielleicht ist er ein Ungläubiger und weiß nichts vom Christenglauben. Sucht den Fremden und bringt ihn hierher.''

Als Eulenspiegel erschienen war, fragte ihn der Papst, woher er komme. ,,Würdiger Herr'', erwiderte Till, ,,ich stamme aus dem Lande Sachsen, aus Ostfalen.'' ,,Was hast du für einen Glauben?'' war die nächste Frage. Eulenspiegel blickte auf, als ob er diese Worte nicht verstehe. Endlich stotterte er, scheinbar ängstlich und verlegen: ,,Was für einen Glauben?... Ich habe..., ich habe... ich habe denselben Glauben wie meine Wirtin.'' Weiter war nichts aus ihm herauszubringen. Der Papst schüttelte erstaunt den Kopf. Dann erkundigte er sich, wer diese Wirtin sei, und schickte einen Boten, der sie holen mußte. Die Wirtin konnte es kaum fassen, daß sie so plötzlich vor den Papst befohlen wurde. Sie glaubte anfangs an einen Scherz. Dann zog sie ihr bestes Kleid an und folgte dem Boten. Der Papst begrüßte sie freundlich und stellte die Frage: „Liebe Frau, was für einen Glauben hast du?" Die Wirtin erschrak und beteuerte, daß sie von Geburt an den christlichen Glauben habe; einen anderen habe sie nie gehabt. In diesem Augenblick sprang Eulenspiegel mit freudiger Miene auf und rief: „Ja, würdiger Herr, denselben Glauben habe ich auch."

Verwundert fragte der Papst: „Aber weshalb hast du mir in der Kirche den Rücken zugekehrt?" Da schlug Till die Augen nieder und erwiderte mit leiser Stimme: „O, Herr, ich bin ein arger Sünder. Wie könnte ich würdig sein, euch ins Angesicht zu schauen?" Diese Antwort gefiel dem Papst sehr. Leutselig unterhielt er sich noch einige Zeit mit Till und seiner Wirtin und entließ beide reich beschenkt.

So hatte Eulenspiegel sein Versprechen erfüllt. Die Wirtin mußte, so schwer es ihr nun auch fiel, die 100 Dukaten zahlen. Vergnügt trat er die Heimreise an. Till Eulenspiegels Romfahrt hatte sich gelohnt.

Eulenspiegel unter den Klosterbrüdern

Als Till nach Deutschland zurückgekehrt war, nahm er sich vor, seine Heimat Niedersachsen nicht mehr zu verlassen. Er wollte sich vom vielen Wandern einmal ordentlich erholen, ja, vielleicht wollte er sogar seßhaft werden. Wo aber, so fragte er sich, kann man sich bequemer ausruhen als im Kloster? Deswegen wanderte er zum Kloster Marienthal, das schön und friedlich am Lappwald unweit Helmstedt lag. Er bat den Abt, ihn als Klosterbruder aufzunehmen. „Das will ich tun'', erwiderte dieser. „Aber du bist noch kräftig und mußt deshalb irgendein Amt bei uns versehen. Sieh, die Klosterbrüder und auch ich selbst, wir arbeiten alle und haben unser Amt.'' Till gab zur Antwort: „Gern werde auch ich Amt und Arbeit übernehmen.'' Da lächelte der Abt. „Gern arbeitest du wohl nicht gerade. Denn Freund, ich kenne dich. Deswegen magst du unser Pförtner werden. Da hast du nichts zu tun als dir Essen und Trinken aus dem Keller zu holen und dann und wann die Pforte auf- und zuzuschließen.''
Eulenspiegel war damit sehr zufrieden. Der Abt übergab ihm den Schlüssel und sagte dabei: „Von dem Volk, das die Landstraße herunterkommt, läßt du nur den dritten oder vierten ein. Sie fressen sonst das Kloster wohl noch arm.'' Damals wanderten nämlich viele, viele Leute auf der Landstraße, Bettler, Gaukler, Zigeuner, aber auch wandernde Handwerksburschen, fahrende Schüler, die

von einer Universität zur anderen zogen, abgedankte Landsknechte und dergleichen. Sie pflegten an keinem Kloster vorüberzugehen, ohne um ein Nachtlager oder ein Mittagessen oder einen Zehrpfennig zu bitten. Diese Landfahrer meinte der Abt, als er Till auftrug, nur jeden dritten oder vierten einzulassen. Eulenspiegel erwiderte: „Würdiger Herr Abt, ich werde tun, was ihr mich heißt." Nach seiner Art nahm er aber auch diesen Auftrag wörtlich. Er zählte genau und ließ nur jeden vierten ein. Wer des Weges daherkam, war ihm einerlei. Ein zerlumpter Landstreicher wurde eingelassen, weil er zufällig der vierte war. Als aber der würdige Prior des Helmstedter Klosters Mariberg, der seinen Amtsbruder in Marienthal besuchen wollte, auf einem Maulesel angeritten kam, wies er ihn zurück. „Nein, ihr seid nicht der vierte", sagte er. „Ich darf euch nicht einlassen, hat der würdige Herr Abt gesagt. Ihr freßt sonst unser Kloster wohl noch arm." Zornig ritt der Prior davon, denn er glaubte, der Abt habe diese verletzende Zurückweisung befohlen.

Nicht lange, da erschien der Bruder Küchenmeister von Marienthal. Er war mit Körben schwer beladen und sehr müde, weil er nach Helmstedt zum Markt gewesen war. Aber wieder hielt Till das Tor verschlossen und rief nur durch die Luke: „Nein, ich lasse dich nicht ein. Der Abt hat es verboten. Du bist nicht der vierte." Lange mußte der Küchemeister um die Klostermauer herumirren, bis einer der Brüder ihn hörte und durch die Hinterpforte

einließ. So kam es, daß die Mönche an diesem Tage ein spätes Mittagessen hatten, und darüber waren alle sehr verärgert.

Sie klagten dem Abt, was Eulenspiegel angerichtet habe. „Du auserlesener Schalk", fuhr er diesen an. „Was hast du wieder gemacht?" Till gab die gleiche Antwort wie immer in solchen Fällen: „Herr, ich habe getan, was ihr mich geheißen habt." Aber der Abt wurde nur noch zorniger. „Wie ein Narr hast du gehandelt", schalt er. „Nicht einmal als Pförtner kann man dich gebrauchen."

Nun erhielt er ein anderes Amt. Der Abt hatte den Verdacht, daß nicht alle Mönche in die Messe gingen, die er jeden Morgen in der Frühe in der Klosterkirche lesen mußte. Deswegen gab er Eulenspiegel den Auftrag, die Klosterbrüder genau zu zählen, wenn sie vom Kloster die steile Treppe hinab in die Kirche gingen. „Das ist in der Dunkelheit schwer zu tun", seufzte Till. „Kannst du nicht einmal das?" fuhr der Abt ihn an. „Nur Geduld, Herr", beschwichtigte ihn der Schalk. „Es soll mir schon gelingen."

Heimlich, in der Nacht, sägte er ein paar Stufen aus der Treppe. Als nun am Morgen die Mönche einer nach dem andern zur Kirche gingen und auf die Stufen, die sie ja genau zu kennen glaubten, wenig acht gaben, traten sie unversehens ins Bodenlose. Einer nach dem anderen sauste die Treppe hinunter. Jeder, der auf diese Weise nachkam, polterte auf einen, der schon unten lag. So entstand ein wüstes Gewirr von Kutten in der Kirche. Zappelnd und schimpfend lagen sie in einem wirren Haufen durcheinander und übereinander. Eulenspiegel aber stand mit einem Stabe dabei und schnitzte mit seinem Messer jedesmal, wenn wieder eine Kutte angerollt kam, eine Kerbe hinein.

Schließlich entwirrte sich das Knäuel, und stöhnend erhoben sich die Klosterbrüder. Der Abt, der gerade die Kirche betreten hatte, eilte verwundert herbei. Eulenspiegel aber trat ihm ganz ruhig, als sei nichts geschehen, in den Weg, überreichte ihm den Stab und sprach: ,,Würdiger Herr Abt, es ist mir gelungen. Ich habe alle genau gezählt. Es fehlt keiner. Habe ich nicht diesmal meines Amtes gut gewaltet?''

Aber der Abt wurde ernstlich böse. ,,Wie ein Schelm hast du gehandelt!'' schrie er wütend. ,,Geh schleunigst aus meinem Kloster in des Teufels Kloster. Da magst du besser am Platze sein als hier.''

Eulenspiegel zuckte die Achseln. ,,Da sieht man es wieder: wie man es macht, ist es verkehrt!'' brummte er vor sich hin und ging von dannen.

Bergauf und Bergab

An einem Sommertage wanderte Eulenspiegel einmal durch den Harz. Das Wetter war herrlich; der Himmel strahlte im schönsten Blau, und früh schon war die Sonne aufgestanden. Als die Mittagsstunde heranrückte, meinte sie es freilich fast zu gut. Ihre Strahlen brannten nur so hernieder. Die Leute, die Till unterwegs traf, blieben alle paar Schritte stehen, zogen ihr Tüchlein und wischten sich den Schweiß von der Stirn.

Er selbst aber schritt munter vorwärts. Seine Jacke hatte er ausgezogen und über die Schulter gehängt. So pfiff er sich ein Liedchen und tat, als gehe ihn die Hitze gar nichts an. Bald danach führte der Weg auch noch steil empor. Ihm aber und seiner guten Laune konnte auch das nichts anhaben. Im Gegenteil! Je höher er bergan schritt, desto fröhlicher wurde sein Gesicht.

Als er um eine Wegkrümmung bog, hatte er plötzlich in einiger Entfernung eine ganze Schar von Wanderern vor sich. Es waren lauter rüstige, junge Leute, Männer und auch ein paar Frauen. Schon von weitem hörte er sie ächzen, stöhnen, schimpfen. „Bei solcher Hitze auch noch Berge klettern!" rief in brummigstem Ton der eine. „Und dieser Berg will noch dazu kein Ende nehmen!" prustete ein Dicker. „Wozu der liebe Gott nur die Berge geschaffen hat?" seufzte eine der Frauen.

So machten sie mit Klagen und Gestöhn sich den beschwerlichen Weg nur noch beschwerlicher. Doch das tun die Menschen nun einmal gern, und gerade das verdroß unseren Till immer ganz besonders. Er machte es nämlich anders. Wenn ihm etwas Beschwerliches in den Weg kam, lachte er vergnügt und sprang darüber hinweg.

Deswegen beschleunigte er seine Schritte, und bald hatte er leichten Fußes die Schar der mißvergnügten Wanderer überholt. Dabei pfiff er laut ein lustiges Lied, und sein Gesicht glänzte vor Fröhlichkeit wie der Vollmond am sommerlichen Abendhimmel. Darüber waren die jungen Leute so verwundert, daß sie stehenblieben und ihm mit großen Augen nachblickten. Der Dicke aber ärgerte sich und rief wütend hinter ihm her:,,Seht nur den Narren! Der freut sich noch, wenn er einen Berg hinaufgehen muß.''

Als Eulenspiegel diese Worte hörte, wandte er sich um und ging langsam den Weg zurück. Es sah so aus, als ob er den Spötter zur Rede stellen oder ihm gar eine Ohrfeige geben wolle, und dieser, der kein großer Held war, machte bereits Miene, schnell davonzulaufen. Till aber winkte nur lächelnd mit der Hand und sagte:,,Liebe Freunde, warum soll ich mich nicht freuen, wenn ich einmal bergauf gehen muß? Weiß ich nicht ganz genau, daß ich damit dem Gipfel immer näher komme und daß es dann wieder leicht und lustig abwärts geht? Wenn aber der Weg bergab führt, bin ich betrübt. Denn dann dauert es bestimmt nicht lange, und es geht wiederum bergan. Erst bergauf, dann bergab! Einmal schwere und dann wieder frohe Zeit! So ist es hier, und so ist's überall im Leben. Darauf könnt ihr euch verlassen!"

Nach diesen Worten winkte er noch einmal, wie zum Abschied, und ging mit frischem Schritt davon. Die Wandergesellschaft aber blickte ihm noch lange nach. Endlich sagte einer, und das war der Klügste unter ihnen:,,Der ist ganz gewiß kein Narr! Hat er nicht wahr gesprochen? Wenn es einmal bergauf geht, über Stock und Stein, durch Hitze oder Kälte, sollen wir nicht gleich schimpfen und verzagen. Geht es aber glatt und lustig voran, sollen wir auch nicht übermütig werden."

Der abgerissene Pferdeschwanz

Als sich Eulenspiegel wieder einmal in Lüneburg aufhielt, hörte er von einem Pferdehändler, der jedem Pferd zuerst am Schwanz zog, bevor er es kaufte. Er sagte, daß er dadurch feststellen könnte, ob das Pferd noch lange lebe oder nicht. Eulenspiegel nahm sich vor, dem Mann einen Streich zu spielen, um ihn von seinem Irrtum zu kurieren. Die Leute sollten sehen, daß man nicht durch irgendeinen Unsinn die Lebensdauer erfahren könne.

Von einem Bauern, der sein Pferd verkaufen wollte, holte Till das Pferd ab und schnitt ihm den Schwanz ganz kurz ab. Dann befestigte er ihn wieder an dem Stumpf und ging mit dem so vorbereiteten Pferd zum Markt.

Wenn einer der anderen Pferdehändler vorbeikam, forderte Till einen so hohen Preis, daß sich keiner für den Kauf interessierte. Endlich kam der gesuchte Pferdehändler, besah sich das schöne und starke Pferd und erkundigte sich nach dem Preis. Eulenspiegel nannte ihm einen sehr niedrigen, und der Pferdehändler war bereit, das Pferd zu kaufen. Aber zunächst mußte er seinen gewohnten Test vornehmen. Er ging wie zufällig hinter das Pferd und zog es kräftig am Schwanz. Wer kann seinen Schrecken beschreiben, als er den Schwanz plötzlich in der Hand hielt! Kaum hatte das aber Till Eulenspiegel gesehen, als er ein lautes Geschrei anfing.

„Hört, Leute!" rief er über den Markt, „dieser Mann hat

meinem Pferd den Schwanz abgerissen, seht, er hält ihn noch in der Hand! Ich will Schadenersatz haben, helft mir dabei!"

Sofort kamen die Leute herbeigelaufen, gaben Till natürlich Recht, denn der Pferdehändler hielt ja noch den stattlichen Zopf in der Hand, und man wurde sich einig, daß er für diese Tat mindestens 10 Gulden Schadenersatz zahlen müsse.

Zähneknirschend zog der Pferdehändler die Geldbörse und zahlte. Unter dem Hohngelächter der Umherstehenden verschwand er dann eilig. Er soll seit dieser Zeit nie wieder ein Pferd am Schwanz gezogen haben.

Eulenspiegel in Einbeck

Einmal kam Eulenspiegel auch nach Einbeck, das schon zu seiner Zeit für das schöne Bier berühmt war. Zwar war er diesmal satt, dafür aber umso durstiger. Die Sonne meinte es auch heute besonders gut, und so lief es dem Wanderer ordentlich den Rücken hinunter, als er endlich an einem Gasthaus vorbeikam. Allerdings fand Till bei der Suche in seiner Hose nur noch zwei Heller, und die reichten nicht für einen schönen Krug Bier. Nun hätte er seinen Durst auch am Brunnen löschen können, aber wir kennen ja seine Einstellung zum Wasser, das er für ein gefährliches Element hielt.

Vor dem Wirtshaus saßen die Bauern aus der Umgebung, vor sich die prächtigen Krüge Bier, und Till lief ordentlich das Wasser im Munde zusammen, als er die Männer so genüßlich den herrlichen Gerstensaft trinken sah. Doch das Zusehen war auch nicht gut für ihn, es steigerte nur seinen Durst noch mehr. Also trat er endlich in den Wirtsgarten und setzte sich an den Tisch der Bauern. Sie sahen ihn zunächst ein wenig verwundert an, aber weil er so bescheiden an der Seite saß, begannen sie bald ein Gespräch mit ihm.

„Heiß heute," sagte der eine und sah Eulenspiegel dabei pfiffig an, denn er glaubte, etwas sehr Geistreiches gesagt zu haben. Eine Weile war wieder Schweigen, nachdem Till zugestimmt hatte. Da endlich sagte einer der Bauern:

„Wie kommt es, daß du dir kein Bier bestellst? Es schmeckt vorzüglich und ist herrlich kühl!" „Ach, danke," antwortete Till, „aber es lohnt nicht der Mühe. Wenn ich trinke, muß ich einen ordentlichen Schluck haben. Aber ihr trinkt hier ja nur aus Fingerhüten, und das lohnt doch wirklich nicht. Ich wüßte gar nicht, wie ich diese kleinen Dinger an den Mund bekommen soll." „Oho!" riefen die Bauern ringsum, „wer bist du denn, daß du solche Reden führen kannst?" „Ich bin ein Wandersmann, der schon viel herumgekommen ist. Aber ich sage euch, selten habe ich jemand aus so kleinen Krügen Bier trinken sehen wie hier bei euch. In meinem Heimatdorf würde man dafür ausgelacht werden." „Aber, Sapperment, was ist denn los mit unseren Krügen?" erkundigten sich die Bauern. „Wir können wohl beim Trinken unseren Mann stehen, aber keinem von uns ist es möglich, auch nur die Hälfte eines Kruges auf einmal zu leeren." „Ach was, das glaube ich euch nicht. Wenn ich ihn auf einen Zug austrinken kann, könnt ihr das doch auch!" antwortete Eulenspiegel. „Das mag wohl sein!" antwortete einer der Bauern, die jetzt alle aufgeregt waren. „Aber ich glaube auch nicht, daß du das kannst. Wollen wir wetten?" „Naja, meinetwegen, aber ich habe nur noch zwei Heller in der Tasche. Mein ganzes Geld ist mit dem Gepäck auf einem Wagen schon voraus, damit ich nicht überfallen werde." „Das macht nichts, wetten wir um zwei Heller!" sagte der Bauer. „Komm, Josef, bring einen frischen

167

Krug, aber gut eingeschenkt!" rief er dann dem Wirt zu. Gleich darauf kam der Wirt mit dem Krug, und Eulenspiegel schlug schon das Herz vor freudiger Erwartung höher. In langen Zügen trank er das köstliche Bier und setzte erst wieder ab, als er nicht mehr schlucken konnte.

„Ja, ihr habt recht!" sagte er atemlos und wischte sich den Mund ab, „Die Krüge sind doch größer, als ich gedacht hatte. Ich bin nicht viel über die Hälfte gekommen, also habe ich meine Wette verloren. Hier sind die zwei Heller, man kann sich auch mal irren."

Er warf die Geldstücke auf den Tisch, stand auf und ging weiter. Die Bauern lachten aber noch lange hinter ihm her und freuten sich darüber, wie sie den Aufschneider hereingelegt hatten. Till aber zog vergnügt auf der Landstraße weiter, das billig erhaltene Bier hatte ihn gestärkt.

Der geschenkte Schinken

Einmal stand Eulenspiegel in Braunschweig vor dem Geschäft eines Schlachters, der Würste aller Art und ein großes Spanferkel, schön goldgelb gebraten, mit einer Zitrone im Maul, ausgestellt hatte. Till Eulenspiegel lief das Wasser im Munde zusammen, aber er hatte, wie so oft, kein Geld in der Tasche.

Ganz verführerisch duftete ein Schinken, der vor dem Laden hing. Da konnte Till nicht länger widerstehen, zog sein Messer und schnitt sich ein großes Stück ab, das er voller Behagen betrachtete. Die vorübergehenden Leute bemerkten wohl, was Till da tat, aber sie beruhigten sich, als er den ganzen Schinken vom Haken nahm und damit in den Laden ging.

Der Schlachter hatte viel zu tun und sah gar nicht weiter auf, als Till ihn ansprach: ,,Könnt ihr mir wohl diesen Schinken wiegen?'' Der Schlachter nahm an, daß Till ihn auf dem Markt gekauft habe und er ihm bloß einen Gefallen tun solle. Deshalb antwortete er kurz: ,,Ihr werdet warten können!'' und bediente erst alle anderen Kunden. Till wartete geduldig, bis auch der letzte Kunde den Laden verlassen hatte.

,,Na, du bist ja immer noch da!'' sagte der Schlachter. ,,Gib deinen Schinken her, ich will ihn abwiegen.''
Als Eulenspiegel den Schinken zurückerhielt, erkundigte er sich höflich: ,,Was bin ich dafür schuldig, Meister?''

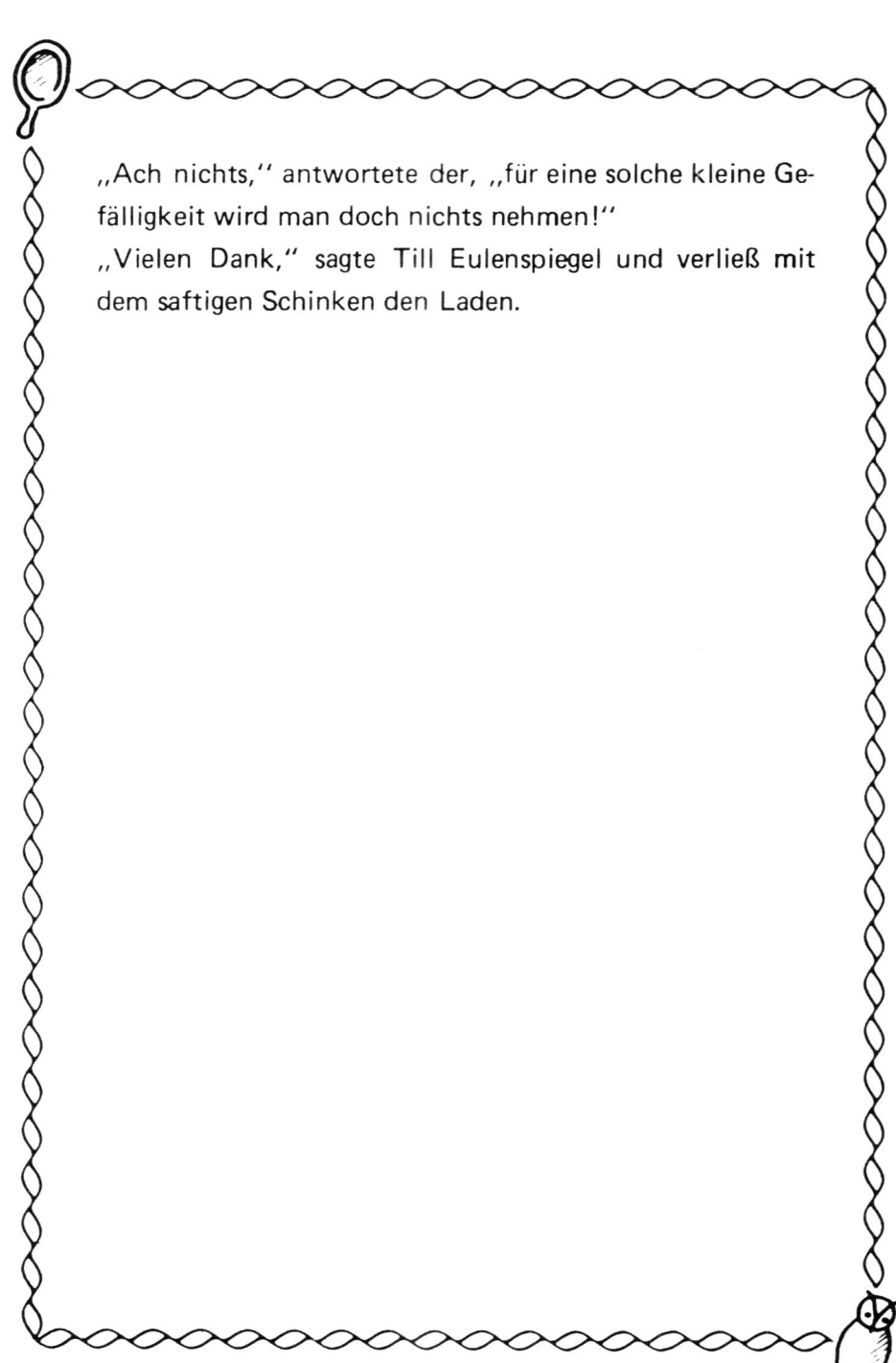

„Ach nichts," antwortete der, „für eine solche kleine Ge-
fälligkeit wird man doch nichts nehmen!"
„Vielen Dank," sagte Till Eulenspiegel und verließ mit
dem saftigen Schinken den Laden.

Der Hasenschmuggel

Als Till Eulenspiegel einmal mit Freunden zusammen in einer Dorfgaststätte im Braunschweiger Land saß, erzählten sie ihm, daß sie bei der Jagd Glück gehabt hatten und einige Hasen erlegen konnten.

„Wir würden sie ja gern in der Stadt verkaufen," sagte der eine der Jäger. „Aber leider ist der Zoll so hoch, da macht die Sache keinen Spaß. Wenn man nur wüßte, wie man die Hasen unverzollt durch das Tor bekommt!" „Wenn es weiter nichts ist," erwiderte Till, „das müßte doch zu schaffen sein. Ich will gern für euch die Hasen in die Stadt bringen, ohne auch nur einen Heller Zoll zu zahlen." „Na, das dürfte auch dir schwerfallen!" sagte ein anderer der Jäger. „Den Zollwächter betrügt keiner, der hat gute Augen und paßt auf."

„Wenn Till es schafft, wäre das ein Spaß. Ich setze einen Gulden dafür." sagte einer aus der Runde. „Ich auch, ich auch!" sagten die anderen, und gleich darauf lag ein ansehnlicher Geldbetrag auf dem Tisch. „Das ist angenommen," sagte Till lachend. „Wenn ich nicht durchkomme, will ich dafür den Zoll bezahlen. Ich werde für euch alle Hasen in einem Sack in die Stadt schaffen. Aber einen Hund müßt ihr mir dafür besorgen."

Der Hund war schnell besorgt und wurde in den Sack gesteckt, ob es ihm gefiel oder nicht. Dann gingen alle gemeinsam in die Nähe des Stadttores. „Wartet hier mit den

Hasen auf mich," sagte Till zu seinen Freunden und ging allein weiter. „Was hast du in dem Sack?" erkundigte sich der Zollwächter, als er beim Tor angekommen war. „Meinen Hund. Stell dir vor, unterwegs ist mir doch die Leine gerissen, der Bursche lief davon und ich hatte meine liebe Mühe, ihn wieder einzufangen. Deshalb muß er jetzt im Sack mit." „Du hälst mich wohl für sehr dumm, was?" erkundigte sich der Zollwächter, nahm Till den Sack ab und band ihn auf. Kaum war der Hund aber frei, da sprang er auch schon aus dem Sack und lief wie ein Wind zurück nach Hause.

„Da siehst du es!" rief Till noch aus und lief hinter dem Hund her. Als er bei seinen Freunden angekommen war, nahm er die Hasen, band den Sack zu und ging wieder zum Stadttor. „Na, hast du ihn wieder eingefangen?" erkundigte sich der Zollwächter, dem der noch ganz atemlose Till Eulenspiegel leid tat. „Ja, ich habe den Racker noch erwischen können, aber diesmal ist der Sack fest zu." Der Zollwächter zweifelte keinen Augenblick daran, daß der eingefangene Hund im Sack war, und so ließ er Till ohne Kontrolle durch das Tor.

Eulenspiegel ging ruhig am Zollhäuschen vorbei, verkaufte die unverzollten Hasen auf dem Markt und hatte seine Wette gewonnen.

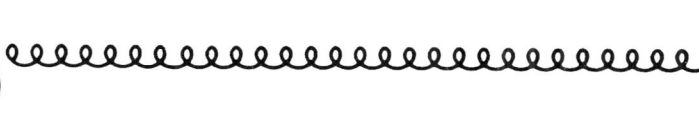

Eulenspiegels Testament und Begräbnis

Als Eulenspiegel alt geworden war und müde vom Wandern, begab er sich ins Lauenburgische in das schöne
Städtchen Mölln. Dort aber wütete die Pest, und Hunder-
te waren bereits daran gestorben. Auch Eulenspiegel
wurde krank, und man brachte ihn in das Spital Zum
heiligen Geist.
Da fanden sich auf einmal allerhand Leute bei ihm ein.
Der Pfarrer des Ortes kam, und dann die Ratsherren,
und schließlich noch ein paar Menschen, die er flüchtig
kannte und die nun plötzlich behaupteten, sie seien seine
Freunde. Sie kamen aber keineswegs aus Mitleid oder weil
sie ihn pflegen wollten. Nein, sie wollten etwas erben.
Denn alle Welt glaubte, er sei reich, weil er für seine
Scherze von hohen Herren oft viel Geld bekommen hatte.
Daß es immer gleich wieder in den Wirtshäusern hängen-
geblieben war, daran dachte niemand.
Till merkte sofort, was sie von ihm wollten. ,,Wartet, ihr
Erbschleicher!" dachte er. Laut aber sprach er:,,Dort in
jener Kiste liegt alles, was ich habe. Teilt es, wenn ich gestorben bin, in drei gleiche Teile. Der eine soll für die Kirche sein, der andere für den würdigen Rat und der letzte
für euch, ihr lieben, guten Freunde." Da blickten alle auf
die Kiste. Sie war mächtig groß und schien auch schwer
zu sein. Deswegen freuten sie sich über ihr Erbe, lobten
Till und taten ihm allerhand Gutes, was ihm in seiner

Krankheit wohl bekam.

Als er gestorben war, konnten die vergnügten Erben kaum die Zeit abwarten. Sie kamen im Rathaus zusammen, wo der Bürgermeister mit dem Schlüssel, den man bei Till gefunden hatte, die große Kiste aufschloß. Voller Gier drängten sie sich heran und schauten hinein. Aber was war denn das? Da sah man nichts als Steine, schwere, dicke Kieselsteine. Schnell warfen sie diese hinaus und suchten auf dem Boden der Kiste und in den Ecken. Ja, selbst an das Holz klopften sie, ob vielleicht ein doppelter Boden da sei. Aber nichts half. Es waren nur Steine in der Kiste.

Da geriet der Pfarrer in große Wut. „Wo ist das Geld geblieben? Ihr Ratsherren hattet die Kiste zuletzt in Verwahrung. Ihr habt das Geld genommen." Die aber wehrten sich gegen die Vorwürfe. „Die Freunde müssen es gewesen sein. Die waren immer bei ihm. Als er schlief, haben sie ihm den Schlüssel abgenommen und das Geld gestohlen." „Wir?" entgegneten die Freunde entrüstet. „Wir waren ja nie allein bei ihm. Wer aber allein bei ihm war, das war der Pfarrer, als er ihm die Beichte abgenommen hat." So stritten sie miteinander und beschuldigten sich gegenseitig. Sie schimpften wie die Gassenjungen und hätten sich am Ende wohl noch geschlagen. Aber der Bürgermeister trat dazwischen. „Still", sagte er, „merkt ihr denn nicht, daß euch der Schelm noch nach seinem Tode einen Streich spielt, einen rechten Eulen-

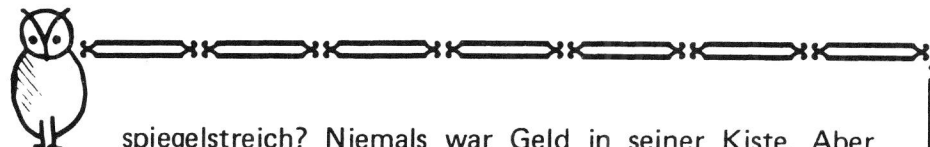

spiegelstreich? Niemals war Geld in seiner Kiste. Aber reich ist er trotzdem gewesen. Steinreich nämlich."

Am anderen Tage wurde Till begraben, und weil ihn jedermann gekannt hatte, folgten ihm viele Leute. Einer von diesen meinte unterwegs:,,Gebt acht, am Ende spielt er uns noch im Grabe einen Streich." Und wirklich kam es so! Als der Sarg hinabgelassen wurde, riß das eine Seil. Der Sarg kam also aufrecht auf das Fußende zu stehen. Da sagten die Leute, die hinzugetreten waren:,,Laßt ihn stehen! Er ist immer närrisch gewesen im Leben und anders als die Leute sonst. Er will es auch im Tode sein."

So kam es, daß Eulenspiegel nicht im Grabe liegt, wie andere Leute, sondern aufrecht steht. Er starb im Jahre 1350. Später setzte man ihm einen Grabstein. Auf dem ist er in Lebensgröße abgebildet. In der einen Hand hält er eine Eule, in der anderen einen Spiegel. In plattdeutscher Sprache steht der Spruch darauf:

> Düssen Steen sall nieman erhaben.
> Hie staht Ulenspeegel begraben.

Wer von euch einmal nach Mölln kommt, versäume nicht, ihn sich oben an der hübschen Kirche anzusehen. Kommt ihr aber ins Braunschweiger Land, dann geht an Kneitlingen nicht vorüber, wo er geboren wurde.

Denn wenn Eulenspiegel auch gestorben ist, seine Scherze und lustigen Streiche leben ewig, und noch immer klingt sein Lachen durch die ganze Welt. So war es, so ist es, und so soll es bleiben!